·新幻想故事选·

U0735290

幻影迷踪

本书所收录的四篇**幻想故事**文笔简洁，行文优美，**故事生动**，情节曲折，想象奇特，情趣盎然，内涵深刻，主题积极，特别能够激发青少年读者的想象力、引起共鸣。

黄非红 著

科学普及出版社

图书在版编目（CIP）数据

幻影迷踪/黄非红著 . —北京：科学普及出版社，2012.5
（新幻想故事选）
ISBN 978-7-110-07764-1

Ⅰ.①幻… Ⅱ.①黄… Ⅲ.①科学幻想小说—小说集—中国—当代
Ⅳ. I247.5

中国版本图书馆 CIP 数据核字（2012）第 095823 号

策划编辑	鲍黎钧 马 强 岑诗琦	
责任编辑	鲍黎钧 康晓路	
封面设计	青华视觉	
责任校对	王勤杰	
责任印制	张建农	

出 版	科学普及出版社	
发 行	科学普及出版社发行部	
地 址	北京市海淀区中关村南大街 16 号	
邮 编	100081	
网 址	http：//www. cspbooks. com. cn	
投稿电话	010－62103115	
购书电话	010－62103133	
购书传真	010－62103349	
经 销	全国新华书店	
印 刷	北京嘉业印刷厂印刷	
开 本	960mm×690mm 1/16	
印 张	13	
字 数	200 千字	
版 次	2012 年 5 月第 1 版	
印 次	2012 年 6 月第 1 次印刷	
书 号	ISBN 978－7－110－07764－1/I·268	
定 价	22.00 元	

（凡购买本社图书，如有缺页、倒页、脱页者，本社发行部负责调换）
本社图书贴有防伪标志，未贴为盗版

目录
CONTENTS

内容提要

　　本书包括四部科幻小说：《幻影迷踪》、《蓝色鸟》、《女儿来自天外》、《玉人传奇》。小说故事生动，情节曲折，文笔干净简洁，想象奇特，趣味性强，对青少年读者有一定的启发引导意义，特别能够引起共鸣。

幻影迷踪

幻象迷踪

第一章
来历不明

他又梦见那个一袭白衣的女孩了。他不知道自己的名字，却知道梦里的女孩叫蓝小蔚。

睁开眼时天已亮了，他起身来到窗前。窗外的城市像刚刚清洗过一样干净，清新的空气中仿佛还漂浮着晶莹的水滴。他一下子推开那扇一直紧紧关闭的窗，深深地呼吸着，深深地陶醉着。他正想向这个美丽的早晨和美丽的城市挥手致意，但是突然之间他的心头猛然一震，眼睛瞪得老大——他看到一个一袭白衣的女孩正站在马路对面望着他的窗。

是她！蓝小蔚——他梦里的那个女孩！

他一眼认定！揉揉眼，他再次认定。

惊愕片刻，他似乎叫了声等我，便回身飞跑出屋。可是，当他以最快的速度冲下楼，惊喜地冲出公寓之后，马路对面已不见了那一袭白衣。他四下寻找了半天，却没有蓝小蔚的影子，她就像刚才突然出现一样，现在又突然消失了。

他不免有些失望，不过很快又兴奋起来。他敢肯定蓝小蔚确实出现过，她是一个真真切切的人，而不是从梦里走出的虚幻影子。蓝小蔚的出现虽然十分短暂，却足以证明他的判断：蓝小蔚就在这座城市之中，他找的人肯定就是蓝小蔚，而蓝小蔚也知道他正在寻找她，只是由于某种原因暂时她还不愿或不能见他。

也许自己伤害过她，也许和她产生了分歧，也许她遇到了什么阻力，不过不管什么原因，她能够出现在他的窗外，就说明她也没有忘记他。

人生旅途中，最可怕的就是连自己都不知要往哪里去，一旦有了目标和希望，那么不管距离有多远，道路有多么艰险，你都可以一往无前地走下去了，因为每一步你都有明确的目标，每一步你都在向你的目标靠近。

这是这个早晨给他的感悟。

抬头，一轮崭新的太阳正对他灿烂的笑。

这个早晨成了他人生的新起点。从这个早晨开始，他信心百倍地踏上了寻爱之旅。

他的身影频频出现在这个城市的各个角落，大街小巷都留下了他的足迹，他却仍然乐此不疲。累了的时候，他就随地坐下，闭上眼，街上的人群顷刻不见，他的眼前只剩下了蓝小蔚，蓝小蔚在不断向他招手。

每当这时，他就会马上站起来，再一次踏上寻爱之路，他要尽快为心爱的女孩拭去脸上的阴郁。

时间一天天过去，他还没有蓝小蔚的音讯，却产生了被人跟踪的感觉。他感觉有一个人一直跟随在自己身后，观察着自己的一举一动，而且这种感觉越来越强烈。

但是每次回头，他都找不到跟踪他的人。他不想刻意去发现，何况即使发现了跟踪者，他也根本无暇顾及。他预感到很快就能见到蓝小蔚了。

他的预感很快应验了。

思念思念是一条隧道

漫长漫长深幽深幽

每天每天我一人

快乐行走行走

因为我知道

隧道尽头

你的笑脸阳光灿烂

还有还有

你月光般多情的眼眸……

这一天，他哼着不知名字的歌，在人群中寻觅着蓝小蔚，他已经感觉到了她的存在。突然，他的眼前一亮，他看见一袭白衣如一片轻云般由人群中飘逸而出。

"小蔚，等等我！"他高声呼唤着正要追过去，猛然感觉到身后有人向他突袭而来……

一个人影蓦地从他身后闪过，一下子钻进旁边那条巷子不见了，因为速度超快，他根本没看清那人的模样，只觉眼前一团红云掠过。

他顾不上追赶跟踪他的人，除了马上找到蓝小蔚，别的人别的事对他来说都不重要。

但是回过头来，他已找不见了那一袭白衣。他懊悔不已，又十分不甘，急忙向人群追寻而去。

晚上，他一个人坐在海边，听着大海的涛声，心里烦躁不安。这时，他又听到了一直像一条蛇一样不断缠绕着他的呼唤：

回来吧，我的孩子，回来吧，快回来吧……

不、不、不……他努力抗拒着。

回来吧、回来吧、回来吧……

那声音像来自幽深险恶的海底，又像发自他的耳边甚至耳内。这声音他并不是第一次听到，他一直以为那只是自己的幻觉，但每次只要这种似真似幻的声音一响起，他立刻就会变得烦躁不安，然后就会头痛欲裂，被折腾得死去活来，仿佛那声音带有邪恶的魔法。这次也不例外，虽然那声音比以往更微弱一些，甚至已经有些断断续续有气无力，但他遭受的折磨却比每次都更强烈。

他抱着头在沙滩上打滚痛叫。那种痛苦就像他的灵魂正被一把锈钝的破刀从他的肉体上生割活剥。他叫着、滚着，拼力抗拒着。

忍无可忍的他终于跳进了海里。他在海里大叫大喊、大哭大骂，但他的痛苦在无边的海涛中显得实在微不足道。

直到折腾得精疲力竭，他才靠着仅存的一丝意识挣扎上岸，刚刚爬上沙滩，马上就昏了过去。

黑暗中，一个高挑纤柔的人影无声地向他走来。

那个身影在他身边停住，无疑这是个苗条的女孩。她没有唤醒他，反倒用她那闪着微光的小靴随便踢了踢他，同时嘟囔了一句："自作自受!"说着她的手中就多了一只大口径手枪。

枪口对准了他的胸膛，他却浑然不觉。

啪!

枪响了，枪声不是从手枪里发出的，而是从她的嘴巴发出的。不过，即使真的枪响了他也不会害怕，不是他不怕死，而是他昏迷得已经跟死人差不多了。

他醒来的时候，天已经亮了，他也已经躺在了床上，不过他的身上脸上还沾着不少沙子，衣服上也还散布着大海的鲜腥。虽然有些莫名其妙，也很疲劳，但他的心里却是从没有过的轻松，仿佛抛弃了压在背上的一座山——从此那个声音被彻底抛弃掉了。

现在他已毫无兴趣知道自己的过去，包括自己是谁，甚至昨晚经历了什么他也根本不去追究，现在他的心里只剩下了一件事：找到蓝小蔚。

醒来的城市依然喧闹。醒来的街市依然拥挤。而他依然孤独，仿佛一个人在沙漠里走。他的心里却分外平静，因为他心中只有一个希望。他的脚步很坚定，因为他脚下只有一个目标。

依然没有找到蓝小蔚，后边却又多了尾巴，他不再理会，直到又有什么东西向他袭来。

他依然没有回头，但他的手却长了眼睛一般准确地接住了从背后袭来的东西。

不是飞刀子弹，而只是张普通的纸片，纸片上写着这样一些字：

立刻停止追踪蓝小蔚，赶快回家，否则等待你的只有毁灭……

还没有全部看完，那张纸片便被他随手抛向了空中，他觉得那些字和自己毫无关系。

纸片如一叶羽毛，无主地飞向天空。

前边是一个大型商场，进进出出众多的购物者当中，大部分都是时尚靓女。他灵机一动，心想何不到商场里转转，女孩子好像都喜欢逛商场的。可是走到门口他又站住了脚，他觉得蓝小蔚不会到这样的地方来，这种场所人气太重，会污染了那一袭白衣和那一脸忧郁。这么想着他一转身，冷不防和一个红衣女孩撞了个满怀。

红衣女孩夸张放肆的尖叫声立时吸引来众多目光。

他尴尬还有些慌乱地赶忙道歉，红衣女孩蛮不讲理地说："一句对不起就完了，有这么轻巧么？"

他一愣，不解地望着她。

"瞪我干什么？是你撞了我，又不是我撞了你！"

"你说怎么办？"

"怎么办？赔偿我哦！"

"赔偿你？赔偿你什么？"他不解地看看，红衣女孩除了一个手袋外并无他物，她的脚下也没有什么东西掉落摔碎。

红衣女孩骄横地一扬脸："赔本公主的好心情！"

"你是公主？"红衣女孩的话不但叫他瞪大了眼睛，而且叫在场的所有观众的眼球都在瞬间急剧膨胀。

"怎么，不像？"红衣女孩很不满意他怀疑的目光。

"不是那个意思，我是说像……"他记不得自己有对付女孩的经验，对付这样一个刁蛮女孩更叫他力不从心。

"什么像不像的，本公主本来就是公主！"她对他愈发不满。

他还不及回答，观众中已经有人抢先发问：

"咳，小姑娘，你是哪家的公主，我们怎么没看出来你哪一点像公主？"

"就是，怎么没听说过，不会是外星来的公主吧？"

红衣女孩得意地说："你说对了，本公主是火星公主！"

这句话让围观者们连嘴巴都张大了。

"呵呵，火星公主，名字不错，我还银河王子呢！"

"就是就是，你说你是公主，你拿什么证明？"

"有身份证吗？"

"你来多久了，住在哪里？可以跟你拍拖吗……"

面对这么多好奇的观众，红衣女孩的虚荣心和表现欲都被充分调动起来，她跨上两级台阶，面对众多的眼睛和摄像机镜头，俏脸绯红，笑靥如花，忸怩作态，本来比较霸道的口气也娇嗲嗲起来："谢谢，谢谢，谢谢！非常非常高兴在这里认识大家，请大家一个一个提问好么？我一定会满足所有朋友的愿望，如果需要签名的请往前站……"

几个男孩挤挤眼，挤上前，一个说："火星公主，我们是你的铁丝，我们从小就崇拜你，今天终于见到活的了，请你快给我们签个名儿吧！"

"太好了！"火星公主极度兴奋，她去手袋里找笔，可是刚拉开拉链她赶忙又拉上，吐吐舌头说，"真真对不起哦，忘带签名笔了！改日吧好吗？"很有些惋惜地说着，火星公主就想走。

那个黄发男孩不怀好意地说：　"没关系，没有笔也可以签名啊……"

"怎么签？"火星公主停住了脚步。

黄发男孩伸出一根手指指着自己的嘴唇："用你的那签在我的这儿……"说着便和那两个挤眉弄眼不怀好意地笑起来。

女孩一挑细眉，笑了："这还不容易！不过今天本公主有事，改日一定满足你的愿望！"说着四下看看已找不到刚才撞她的那个人，拔腿就想走。

"哎，你不能走！"红毛男孩伸出一只脚，挡住了火星女孩那双别致的红色小靴。

"哦，干什么？"火星公主的声音很平静。

"干什么？要你证明一下自己的身份！"现在开口的是绿毛男孩。

"哦，怎么证明？"

红毛男孩抢上前："你说你是火星公主，你就要自己证明一下——脱了你的衣服，让我们看看有什么不一样，我们才好相信你啊……"

"就是就是，怎么样公主，敢不敢脱啊？一脱成名——脱了你才能成名呢！"黄毛绿毛一起凑上前，忍不住要伸手动脚。

火星公主又挑一挑细眉，笑得更加纯净动人了："真要看？"

"当然要看！"

"一定要看？"

"马上要看！"

"好吧，今天本公主心情好，就满足你们的好奇心，不过我只给你们看，不让别人占便宜，好吗？！"

几个男孩喜出望外，连连点头说行行行，屁颠屁颠跟着火星公主走进了一条僻静的巷子。

几个想捡便宜的看客刚刚追到巷子口，里面就传出了惨叫声，紧跟着，黄毛绿毛红毛就接二连三地飞了出来……

"站住！"一团红云带着一股冷风掠过他的身旁，然后一个红衣女孩双手抱胸挡住了他的去路。

这个红衣女孩自然就是那个火星公主。她恼怒地质问道："为什么逃走？"

"怎么叫逃走？你忙我也忙，抱歉没有等你。"

"少来这一套，你还没有赔偿本公主的好心情呢！"

他有些不耐烦，"那你快说怎么赔吧！"说着他还不住向人群张望，生怕和火星公主说话的当口错过自己要找的人。

他的神情把他的心思暴露无遗。火星公主更加恼火："跟我回去！"

"回去？回哪里？"他很有些吃惊，没想到这个女孩也让他回去，他心里立时涌上莫名的反感和警戒。

"难道你真的什么都忘了？可是，如果你真的忘记了，怎么会记得那个女孩？我看你是装的？"火星公主说完这句话见他要走，便又一次挡在了他的面前，"如果你故意装傻，那就让我来告诉你吧，你是一个彻头彻尾的杀……"

"住口！住口！我不想听，我不想见到你！你给我滚！"他突然歇斯底里地吼叫起来，然后抛下火星公主怒气冲冲转身就走。

不过几分钟后他就返回来了。火星公主还站在原地，不是在抹泪，而是在出神儿发愣。他上前道歉："对不起，不该跟女人动粗口！我可以赔偿你的好心情，随你说怎么赔偿，唯一的条件就是别提过去，无论你是谁！"

火星公主盯着他认真打量着，点点头，口气也柔和了些："好吧，接受你的道歉，不过以后不许管我叫女人，我是女孩，女孩！当然，叫我美女也不是不可以！现在让我想想，你该用什么方法赔偿我……"她眼珠一转，很快有了主意，"看你也不是个坏孩子，我不会难为你的，我喜欢钱，钱能让我找回快乐！"

一听火星公主提钱，他不由摸摸口袋，底气不足地问："要多少？"

"不多，五万就将就了！"

"五万？"

"五万！一分也不多要——这点钱不多吧？！本公主一顿饭吃过十万呢！"

他从怀里掏出一张银行卡说："我只有这张卡，不知道还有多少钱……"

"那好办。"火星公主马上和他找到街边的自动取款机。好在现在取款机不用密码，而是识别指纹，否则他恐怕一分钱也取不出来。不过，他每次只是按需取钱，从没想过要核查余额。

火星公主给他核对了指纹，很熟练地核查了余额，原来卡上还有不足五千元。

"对不起，我只有这么多……"看着火星公主一副失望的样子，他不免有些惭愧。

"算了，没钱也不能强人所难，换个办法吧。我喜欢旅游，你陪我做一次星际旅行吧——没钱，时间你总该有吧？"

"星际旅行？要多长时间？"

"不会很长，少则一两年，多则一二十年吧，我们都还年轻，现代人寿命又很长，这点时间不会让你为难吧？"

火星公主越是一副胸有成竹的样子，他越是不安和惭愧："真、真是对不起，我还要找人，现在真的没有时间……"

火星公主失望极了，赌气撅起嘴："没钱又没时间，你还活个什么劲儿……算了算了，你根本就没有诚意！"

"我、我……"让火星公主这么一说，他也觉得自己很失败。他涨红着脸挠挠头，"要不这样，等我找到了要找的人，我就陪你去旅行——好吗？"

"嗯——那你告诉我，你要找谁？"

他张张嘴，却欲言又止，片刻之后说："她和这事无关！"

火星公主不由自主地轻轻叹口气，然后摆摆手："算了算了算了，我可不想一辈子当你的债主。这样吧，现世现报，你就现在陪我三天怎么样。这次不会为难你了吧？"

他略作犹豫，虽不情愿也已开不了口拒绝，于是郑重地点了点头："你说吧，去哪里？"

火星公主一边想着一边说："三天能去哪里呢？嗯……走吧，先跟我去商场，然后再说！"

虽然心里不情愿，但他的脚步却没有丝毫迟疑——承诺的事就一定要兑现。

走不远，那边过来三个鼻青脸肿一瘸一拐的男孩，正是黄毛绿毛红毛他们。一见火星公主他们过来，他们以为又找后账来了，吓得屁滚尿流地转身逃走了。他虽然没有看到刚才那一幕，可也猜了个差不多。

跨进商场的那一刻，他突然醒悟——上当了！火星公主要钱要做星际旅行都是假的，目的只是为了要他这三天。但现在他已不能反悔。

他对逛商场没有一点热情，好在火星公主也不需要他的热情，甚至她几乎无视他的存在，自顾在自己喜欢的商品前流连忘返。好在他也毫不在乎这一点。

好容易盼到火星公主从商场出来，他以为煎熬结束了，不料没过十分钟，她又兴趣盎然地踏进了另一家商场。

再次从商场出来时，已经是万家灯火了。

"咱们去吃饭吧，我请你。"这次他开了口。

火星公主没有反对。

二十分钟后，坐在一家餐馆中，面对一桌算不上丰盛但颇为充裕的菜肴，他开始狼吞虎咽起来，而火星公主却一反常态浅尝辄止地表现着淑女的样子。

"你在减肥吗？可你已经非常苗条了啊？"他注意到了她似乎没有胃口。

"保持体形是女性一生的任务。"火星公主很成熟地说完就去了洗手间。

吃过了饭，他以为可以回去睡觉了。没料到的是，火星公主也要跟他一起回去。

他没有权利拒绝，因为三天之中，陪着她是他的责任，被他陪着是她的权利。他开始有些担心起来。

事态的发展很快证明他的担心是多余的，火星公主没有要求他陪睡，反倒警告他要老老实实睡觉，不准胡思乱想，更不准乱说乱动，否则那几个小流氓就是他的榜样。说完她就把他赶进了卧室，而自己则睡在了客厅里。

他本来要把唯一的床让给火星公主，见她不肯也就没再坚持，进去关上门就合衣躺下了。

他很久都没有睡着。客厅里第一次多了个女孩儿，还是一个有着魔鬼身材和迷人脸庞的女孩儿，一个青春男孩睡不着再正常不过。不过，他睡不着并不是因为那女孩儿，他很快就把火星公主忽略不计了，他现在满心都在想着那个叫蓝小蔚的女孩儿此刻会在哪里。

如果找到了蓝小蔚，她会跟自己回来么？如果她一定不跟自己回来，自己还要不要继续寻找她？这突然冒出的问题叫他一时间更加无法入眠了。

不管怎么样，也要先找到她再说！正想着，突然，他听到门响了一声，尽管十分轻微。他回身望去，就见进屋时被他关严的卧室门正一点点开启。

他突地紧张起来。他不记得自己以前曾经这样紧张过。

门一点点开启着，然后不动了，没有了动静。他没有动，却不自觉地握起了拳头。拳头里竟然十分潮湿，他甚至有害怕的感觉。

等待的时间依然漫长难熬，他的呼吸像已经停止了一般，但心却跳动得整个地球都在震动。

终于有人悄无声息地走了进来。早已瞪大眼睛严阵以待的他，立时大吃一惊，眼睛瞪得更大了——轻轻走进屋里来的居然不是火星公主，而是另外一个人——她的一身白衣像是散发着圣洁的微光，一下子把黑夜冲淡了……

啊，是蓝小蔚，是蓝小蔚！

喜出望外的他忽地坐了起来，情不自禁地要下床去拉住她。

"别过来，你过来我马上就离开！"蓝小蔚的声音急切儿而遥远，说着还轻飘飘向后退了一步。

他硬生生收住身体，双手还是向前伸着，却是一时之间不知说什么好了。

蓝小蔚看着他，幽幽开口道："你听我说。我知道你在找我。我不知你为什么要找我，但我们不是朋友，更不是恋人。我们不是一类人，我们根本就是陌生人。如果有事你现在就和我说清楚，如果没有事以后你就不要再找我了……"

没等蓝小蔚说完他就打断她的话连连摇头："不，不，不会的。不是这样的，肯定不是这样的。你是在骗我。你肯定是在生我的气……"他越说越痛心疾首，"小蔚，不管以前我做错了什么，不管以前我多么对不起你，都请你原谅我。我无法忘记你，我不能没有你。在这个世界上，除了你我什么也没有！"

蓝小蔚连连摇头："不，你错了，不是那样的，根本不是那样的，那完全是你自己的想象臆造，是你自己在自作多情。我们根本没有任何关系。如果你能记起我，你就应该还能记起其他事——只要能够想起别的事，你就一定会明白，我和你没有关系……"

听着蓝小蔚的话，他并没有努力去回忆什么。他只是努力让急切重复着的语言去填补自己记忆的空白："你说的都不是真的！我知道，我知道，一定是我做错了，一定是！你一定会原谅我的。如果你真的不肯原谅我，你就不会回来找我了！我会等的，不管多久，我也绝不会放弃。我会一直等到你肯原谅我为止，一定会的，一定会的……"

"别再执迷不悟了，赶快'回家'吧！不要对我抱幻想了，我的出现只是想唤醒你故意丧失的记忆而已！"

"什么，你也叫我'回家'？"听到"回家"两个字，他的脸色突然变了。不知为什么，他对"回家"这两个字特别敏感也特别反感，特别是这两个字从蓝小蔚嘴里说出来更叫他的反应特别强烈。

"你当然要回去，你必须回去！难道你真的忘了你的真实身份和特殊使命？如果你真的忘记了，现在我就可以告诉你……”

“不，不要再说了！”他突然又暴躁起来，“为什么连你也要让我'回家'？我不要，我不要回到过去，我更不要回什么'家'，我不要，永远不要！我要和你一起走，到一个没有人知道的地方，到一个只有我们两个人的地方，我们……”

蓝小蔚轻叹一声，微微抬起头，黑夜也无法掩饰她眼中的忧郁还有失望：“唉，你呀……不要说我不是你的爱人，即使真的像你想象的那样，我们也不可能在一起……”

“为什么？”

“因为，因为我只是一个虚幻的影子而已……”

“不，绝对不可能！”他说着情不自禁地又要下床。

她的嘴唇动了动，摇摇头：“不信？我可以证明给你看！”说完这句话，她意外而奇怪地笑了笑，突然一下子就消失了。

他一下子惊呆了。

“小蔚、小蔚、小蔚……”瞬间反应过来的他呼叫着蓝小蔚的名字扑了过去，可是蓝小蔚刚才站的地方已经空无一人。

他急速追出卧室。

外面睡在沙发上的火星公主被吵醒了，她打开灯，惊愕地望着正在开门的他，揉着眼问发生了什么事。他顾不得回答，打开门就追了出去。

他一口气跑出公寓，午夜的街上空空荡荡什么都没有，只有路灯孤寂落寞地亮着。

“小蔚！小蔚你回来，小蔚……”他在街上呼唤着寻找着，他觉得蓝小蔚并没有跑远。

“你怎么回事啊？半夜不睡觉跑出来乱喊乱叫的，是不是在梦游啊？”不知什么时候火星公主追了出来。

“她回来过，她回来过……”他喃喃地自言自语，两眼仍然苦苦寻觅，对身边的火星公主却恍若未见。

"谁？谁回来过？"

"小蔚——蓝小蔚，就是我在寻找的那个人，可她又走了，走了……"他一副失魂落魄的样子。

"到哪里来过？家里？不会吧？我怎么一点都不知道？家里根本就没有来过一个人啊？你是做梦了吧？"

他没有回答火星公主，甚至没有听到她在说什么，他心里只要一个蓝小蔚。

他是被火星公主生拉硬拖着才回到房间的。再次躺到床上后，他更加没有一丝睡意。虽然火星公主那句话并没有叫他对自己刚才的经历产生丝毫怀疑。对于黑夜蓝小蔚能够进入这个房间这一点，他想她肯定是有这个房间的钥匙的，不过她在他眼前的突然消失就让他百思不得其解了，无论他怎么寻找，也找不到一个合理的理由。

日有所思，夜有所梦，难道刚才真的是在做梦？

不会的，肯定不是梦，刚才的一切都是那么清晰，蓝小蔚和他近在咫尺，她的话现在还清清楚楚响在他的耳边，他坚信自己根本不是在做梦。他更不情愿刚才的一切都是梦。

不管是不是在做梦，不管刚才蓝小蔚说了什么，他也仍然要继续他的寻觅，因为他依然认定蓝小蔚是他最重要的人，也因为他别无选择——除了寻找蓝小蔚，他不知自己还可以去做什么。

关着的门又被推开了，尽管一听就知道是火星公主，他还是抬起了头。结果自然令他非常失望，进来的真是火星公主。

"知道你睡不着，你一个人肯定要胡思乱想，咱们侃会儿吧，让你一吵我也睡不着了。"

他转过头去不言声。

"咳咳咳，靠里点给我让个地儿，说你呢！哎，别跟我耍赖啊，别忘了这几天你是专门陪我的，如果你不让我高兴，找不回本公主的好心情，我可是要变本加厉索取赔偿喔！"

这话立刻起了作用，他无可奈何地坐起来，强忍住心烦问她想说什么。火星公主看来也是十分无聊，东一葫芦西一瓢毫无主题地没话找话。看看他毫无兴趣，她也觉得没趣，站起来要出去，可没出卧室她又站住脚，回头说："咳，你叫什么名字——对了，我是问你现在的名字？"

他摇摇头。

"没名字怎么行，别扭还没个性，嗯——我给你起个名字吧！"说着她已经转过身来。

"随便"。

火星公主又来了兴趣，回身坐到床上边想边说："叫什么呢……我叫火星公主，你叫——月亮王子吧！怎么样？"

"随便。"

"不好不好，"火星公主很快就自我否定说，"月亮像女孩的名字——哎，你喜欢做什么，我可以根据你的性格起名字，那样叫起来才适合你啊！"

"我不记得，拜托你随便起好不好！"他烦的不行。

"嗯，那我就做主了啊，你的选择没有错，相信我是最正确的选择！嗯，我叫火星公主，唉，要不你叫太阳王子吧？不行不行，那你不比我还耀眼啊？嗯……木星、金星、海王星……原来起个名字好好烦人哦！"火星公主自己都有些不耐烦了。

他如遇大赦，赶忙说："那就不要费心了，有没有名字无所谓。"

"不行，我可不是普普通通，随随便便的女孩，答应你的事就必须做到！"火星公主责任感十足地站起来，在空间有限的卧室中前三步后两步地踱了起来。

见火星公主没完没了，忍无可忍的他刚要发火，她却突然一拍手欢叫一声："有了，你叫火星王子，我叫火星公主，怎么样，这是个好主意吧？"

　　他一听就摇头第一次发表了意见："不好不好，别人一听以为我和你是一路的呢，不要！"

　　"你还真难伺候！"火星公主有些失望，不过她还是认真琢磨起来，"又有了，干脆我把自己的名字让给你，你叫火星王子，我改叫月亮公主得了！"

　　为了马上结束这种几乎是无休止的折磨，当然也有些不忍心无休止地打击她的热情，于是他很快点头："还不错，就叫这个吧！"

　　"太好了，太好了——怎么样，我把自己心爱的名字都给了你，你说该怎么报答我？"

　　"啊？"他一听赶忙摆手，"算了算了，这名字我不要了，我可搭不起你的情！"

　　"哈哈哈，看把你吓的，放心，我是逗你呢，我是免费起名免费转让，你只要陪够三天就行了！"然后她叫了一声，"火星王子！"

　　他没有反应。她又叫了一声，他这才反应过来，有些不情愿不习惯地应了一声。

　　于是，从这个夜晚开始，没有名字的他成了火星王子，而那个原本叫火星公主的女孩儿已改名叫月亮公主了。

第二章
陌路旅伴

　　火星王子本以为第二天还要陪月亮公主去逛街，没想到一大早她出去了一趟，不一会儿便开回来一辆红色跑车，然后催着他赶快上车，说要带他去一个好地方。

　　车子出城便沿着海岸公路奔驰起来。此时，一轮旭日从海面升起，海面上一望无际的金波碧浪涌动铺展而来，鲜腥舒爽的海风如一只具有魔力的巧手，不断抚摸着他们的身心。那一刻，火星王子一下子感到了这个世界的美好，心境也很快明朗起来，还不知不觉随着音乐哼起了歌。

　　"唱啊，怎么不唱了？你唱得挺那么回事的，努努力，炒作包装好了，说不定能成事儿呢！"月亮公主不知是赞扬还是揶揄。

　　火星王子没有注意月亮公主的话，他正在想，如果此刻和他一起享受这美妙旅程的是蓝小蔚该多好啊！渐渐地，美丽的景色变得模糊迷蒙，而他则沉浸到了美妙的幻想之中。

　　"咳咳咳，醒醒，别做白日梦了！"

　　月亮公主的叫声唤醒了火星王子，他这才发现车子已经停在了一个远离市区的海湾，不远的路边立有禁止机动车入内的标志。他不知这是什么地方，也没有多问，只是随着月亮公主走上前去。前边一排大树挡住了去路。大树粗壮高大，浓叶密枝把前路遮挡得密不透风，可是月亮公主并没有停步的意思。

　　一直来到大树底下，月亮公主对着树们低声说了句什么，那些树枝竟然神奇地舒展开来，中间为他们闪现出了一个绿色通道。月亮公主回头显摆地笑笑，一扭腰走了进去。

　　"怎么回事，那些树难道是假的？"火星王子终于忍不住好奇，追上去两步问道。

　　"当然不是，不过这些树都已经智能化了，有动物和人类基因，能听懂人类语言——你好像对现代科技一点都不了解！"月亮公主一副好为人师的样子。

　　"这到底是什么地方？"

　　"走着瞧！"见火星王子有了兴趣，月亮公主反倒卖起关子来了。

　　说着话，穿过一片开着花同时结着果的不知名的树林之后，一片奇形怪状的建筑豁然展现在他们眼前。

　　火星王子仔细观察，发现这些建筑竟然都是蔬菜水果形状，而且都是惟妙惟肖、栩栩如生，大概查数一遍，就有苹果、草莓、西瓜、葡萄、萝卜、白菜、黄瓜等几十种之多。他不禁感慨一句："真像，就和真的一样！这谁设计的？"

　　月亮公主咯咯地笑起来，这时候的她一点也没了刁蛮样子，倒有些可爱起来。笑着笑着发现火星王子神情不对，她突然停了下来，奇怪地问火星王子："哎，你看着我干什么？"

　　火星王子这才发觉自己的失态，他不好意思地吱吾着说："没什么，这片建筑真别致，告诉我这到底是什么地方？"

　　"呵呵，原来你也有好奇心啊，以为你总是物我两忘超然世外了呢——告诉你，这是一个建成不久的度假村，我们就在这里好好玩两天吧，至于那些建筑，到近前你就知道是什么做的了！"说着拉起他就向那里跑去。

　　到了跟前，火星王子才看出来，这些蔬菜水果并非人工建筑，全是真的，而且全都鲜活地生长着，只是在这些奇异巨大的果蔬上开有门窗。月亮公主带着火星王子走进的是两粒连在一起的大葡萄。

原来，这些蔬果就是这个度假村的客房，而蔬果客房自然也就是这个度假村的独特诱人之处。他们的客房是月亮公主从互联网上预订的，不过刚才进入房间前她是叫火星王子刷卡付的费。

两个葡萄就是两间小客房，是连在一起的两个房间，里边的设施很简单，但给人的感觉却异常舒适。地面和墙面与果肉之间只隔着一层薄薄的膜，触摸上去就像人的皮肤，弹性而鲜活。月亮公主告诉火星王子，这些蔬果和那些大树一样，也都是通过基因变异培育转化的，它们也有一定的智能，可以根据人体需要调节最佳舒适度，清理空气，变换淡淡的气味，还有养颜作用，甚至对一些疾病都有疗效。

房间里没有床，火星王子生怕碰坏似的不敢坐也不敢躺。月亮公主笑道："放心吧，只要你好好爱护它别搞破坏，它就不会给你找麻烦的——走，咱们游泳去！"

火星王子没有拒绝。

两个人游泳、冲浪、潜水，玩了一整天，不但月亮公主玩得不亦乐乎，火星王子也是从未有过的开心。

昨夜没睡好，白天玩了一天，加上蔬果房间非常舒适宜人，火星王子和月亮公主很快就睡着了。

午夜，熟睡中的月亮公主轻轻坐了起来，她像个影子一样悄无声息地穿过小圆门，来到了火星王子的床前。她的手中一只大口径手枪在柔和的夜里闪烁着不和谐的寒光。

火星王子睡的很熟，对她的到来浑然不觉。月亮公主对他撇撇嘴，悄悄退出了房间。

白天的度假村安详恬静，像一个纯朴的村姑。夜晚的度假村则像时尚潮女，激情奔放，狂野张扬。有人在外边的草地、海滩唱歌跳舞，有人在硕大的西瓜娱乐城中寻欢作乐。月亮公主的出现毫不引人注目。

"小姐，小姐，你要去哪儿啊？"前边出现了两个醉鬼。

21

月亮公主妖媚一笑，小鱼儿一样从他们身边滑过。两个醉鬼却像蛇一样又缠了上来。

"小姐，你好迷人哦，看你像个小妖精！"

"是呀，你把我们迷住了……怎么，你是一个人，让我们陪陪你吧……"说着两个家伙就要动手动脚。

月亮公主妖媚一笑，毫不忸怩地指了指那边的花丛。两个醉鬼心花怒放，酥着骨头软着身子跟月亮公主走向花丛深处。

看看环境比较清静了，月亮公主站住了脚。两个醉鬼互相望望，迫不及待地扑了过去。

月亮公主一转身，脸上褪去了妖媚，眼中射出了两道寒光。两个醉鬼心中一激灵，可没等他们反应过来，月亮公主已闪电般出手了。

两个醉鬼哼都没哼一声，便乖乖倒了下去。月亮公主又踢了两脚骂了句："垃圾，真该要你们的命！"然后，她走出花丛，若无其事闲逛一阵，看看没人注意，便溜到了草莓客房区。

草莓是度假村的高档客房，这里的客人都是些达官显贵。待到巡逻的保安过去，月亮公主从一棵树后闪出，直奔八号客房而去。

灯光从房间透出，草莓透红的颜色表达着暧昧和温馨，当然，还有欲望。月亮公主悄无声息地靠近了八号草莓，把耳朵贴在门边。草莓内传出了男女浓艳的调笑声。她正要掏枪，可手却在靴子上停住了，然后猛然回头。

身后看不出异常。月亮公主的手这才从靴子里拿了出来。

她的手里多了那只大口径手枪。

装上消音器，月亮公主果断地破门而入。

激情的夜仍在狂欢，没人听到那悄然无声的枪声。

突然，一个人影从八号草莓客房的附近疾掠而过，很快就隐没不见了。

月亮公主回到葡萄客房时，火星王子依然香香地睡在那里。

月亮公主冷冷地哼了一声，用靴尖撩一下他的腰："咳咳咳，别装了，你不过比我早回来二十秒而已！"

火星王子没想到她竟然早已发现自己在跟踪，只好有些尴尬地坐了起来，打量一下眼前的这个月亮公主——此时的月亮公主面色冷艳，眼神中杀气未褪，已和白天那个可爱甚至有些娇憨的女孩判若两人。

"你到底是什么人？"

"我是什么人需要向你交代吗？"

"你是杀手？"

"不用这么看着我，我从没说过自己不是杀手——这是我的职业！"她说得冷淡轻松。

那一刻，火星王子突然对月亮公主生出了强烈的反感甚至是憎恶，他转过身重又躺下，不想再看她一眼。月亮公主撇撇嘴也不再理他，可是就在她转身要回房间的时候，火星王子突然又生硬地问了句："你杀的都是些什么人？"

"你是想问我杀的是好人还是坏人吧？好笑，我是杀手不是侠客，所以我的词典里只有活人和死人之分，没有好人坏人之别！怎么样，对我的回答你还满意吗？"月亮公主说完这句话，便头也不回地进入了自己的房间。

房间里没了动静，光线也暗淡下去，却并没有完全变黑，这说明两个人都没有真正睡着。

火星王子不知自己是什么时候睡着的，不过第二天一大早便被月亮公主的靴尖唤醒了。

"咳咳咳，大懒虫，快起来，把身份证准备好，警察很快就要来了！"月亮公主命令道。

火星王子本不想理她，可一听警察要来，便本能地警觉起来，说自己没有身份证。月亮公主说："怎么没有，好好找！"火星王子偏不再找，只是很反感地嘀咕："你怎么知道警察要来？"

"弱智！死了人警察能不来？"

"知道警察要来，那夜里你怎么不跑？"

月亮公主一挑眉："你是真弱智还是假弱智？夜里要跑了，那不成'此地无银三百两'了么？我说，难道你真的把以前的经历都……"说到这她急忙刹住舌头，她不想因为提起从前再让他跟自己翻脸。

月亮公主的担心在此刻有些多余了，因为火星王子根本没有注意到她的话，他正拿着一张卡片发愣呢！

那张卡片就是火星王子的身份证。这是他刚刚从自己的衣袋里找到的——其实也不是故意找到的，因为他明知自己没有身份证，他只是无意间摸到一个陌生卡片，掏出一看，竟然是身份证。

火星王子从未记得自己有过一张身份证。可是现在他的身份证真真切切拿在他的手中，而且这张来历不明的身份证上，不但照片是他的，连名字也是月亮公主给他新起不久的叫：火星王子！

抬头，见月亮公主正得意地偷着笑，火星王子一下子明白了——肯定都是她搞的鬼。不过不待他细问，警察已经叫门了。

进来的是一男一女两位警官。他们很客气地说度假村发生了命案，他们要例行公事了解一些情况。月亮公主镇定自若地回答了警察的问题，然后又把自己和火星王子的身份证交给了警察。火星王子不由得紧张起来，他很怀疑月亮公主给他的身份证是否能够骗过警察的眼睛。

事实证明火星王子的担心是多余的，警察并没有看出破绽。把身份证还给他们后，俩个警察就离开了。火星王子长舒了口气，他虽然有些奇怪，可也没兴趣细问身份证的来历，昨天偶然来过的好心情早已经溜走了，他现在一刻也不想和月亮公主待在一起——原来月亮公主根本不是到这里来游玩的，而是来杀人的，要自己来也许就是为了掩护她。他原本就不情愿陪她一起来，现在这种被利用的感觉更叫他十分恼火，他只盼着这一天早早过去。

月亮公主故作不知火星王子的心思，依然拉着他随心所欲地玩耍嬉闹，火星王子的心却像生出翅膀早已经飞离了这里。

"现在三天到了，我可以走了吧?"熬到太阳落山，火星王子终于忍无可忍地开了口。

"啊，有三天了么? 我以为才只有一天呢! 时间真快啊，不知不觉就过了三天，可我实在还没玩够，更没跟你待够啊!"月亮公主夸张地说着，然后转转眼珠，又嬉皮笑脸地请求，"好哥哥，能不能再陪我三天?"

"抱歉，不能!"他很干脆地撂下这四个字，然后转身逃走。

月亮公主张张嘴，却没有追上去。

总算摆脱了烦人的月亮公主，火星王子重新踏上了寻找蓝小蔚的旅程。

三天后的一个傍晚，火星王子又在人群中发现了那一袭白衣。这次他没有呼唤喊叫，而是小心地尾随，慢慢地接近。他不想总是失去本来就不多的机会。

在一条昏暗的小巷中，火星王子终于来到了蓝小蔚的身后。

蓝小蔚站住了脚，因为前边出现了一个雄壮汉子。

蓝小蔚对男人悄悄说了句什么，那雄壮汉子便怒气冲冲来到火星王子面前，一脸凶相质问为什么跟踪他老婆。

"你说什么，她，她是你老婆?"火星王子自然事出意外大吃一惊。

雄壮汉子更加恼怒："不是我老婆，难道还是你老婆? 你这小兔崽子是不是变态?"咆哮着的他还晃了晃拳头。

片刻的吃惊之后，火星王子猛然推开雄壮汉子，上前要看看白衣女子的真面目。他不相信这个女孩真的会是这个男人的老婆。他怀疑她被这个凶暴男人挟持控制了。

雄壮汉子没想到火星王子竟然胆敢当着自己的面扑向自己的老婆，便怒吼一声扑向火星王子。

火星王子没有回头，只是本能地向后一挥手，雄壮汉子便惨叫一声被打飞出去。随着这个雄壮汉子的惨叫声，白衣女子也惊叫一声转过身来。

一打照面，火星王子立时呆住了——这个女子真的不是蓝小蔚，只不过身姿后影酷似，又穿了一身和蓝小蔚一样的白色衣裙而已。

火星王子愣神儿的那刻，白衣女子已跑到雄壮汉子身边焦急地喊起了老公。

说声对不起，火星王子非常失望地向巷子外面走去。

"你个小子给我回来，老子非揍扁你不可，给老子回来……"雄壮汉子气急败坏地在后面叫骂着，却没有追来一步。

这一刻火星王子异常失望，那些骂声也和他毫无关系了。他心事重重地向巷外走去。

一出巷子口，一辆小轿车恰好从前面开过来。那一刻火星王子竟然没有反应过来，他不但没有马上闪开，反倒低头迎向了飞驰而来的汽车。

不知是司机吓坏了还是刹车失灵了，小轿车竟然疯狂地向火星王子冲了过来。

眼看一场灾难已不可避免，死神已经拉住了火星王子的手！

千钧一发之际，火星王子身后闪电般掠出一人，一把把他从死神手中抢了回来。

小轿车擦着他们的身子疾驰而过。

那一刻两个人都吓傻了。

片刻之后，火星王子才白着脸回过头，身后死拉住他不放的竟然是月亮公主。

月亮公主此时也长吁了一口气，然后当胸狠狠给了火星王子一拳，同时瞪圆眼睛厉声骂道："你是不是想死啊？"

这一拳实实在在，火星王子被打得倒退两步，然后捂着胸口咳了两声说："我、我……对不起……"

"不是对不起我，你死了是对不起你自己！"月亮公主仍然余怒未消，"你不是死也要找到你的蓝小蔚吗？要是刚才一头撞死，你就是死了也找不到了！"

对于月亮公主的训斥，火星王子没有恼火，反倒充满感激和歉意，他也不去解释，只是连连点头，不过很快他就觉到了不对头："你是不是还在跟踪我？"

"跟踪你不对吗？不是我跟踪你，现在你早已支离破碎了——你敢说不是？"

他不再说什么，只是又点了点头。虽然发觉有人跟踪的时候他毫不在乎，但是有人跟踪自己毫无察觉却让他心里很不舒服。月亮公主没有继续训他，反倒走上前拍拍他的肩，很长者似地说："好了，好了，年轻人是允许犯错误的，吃一堑长一智嘛！以后过马路一定要小心，要认真遵守交通规则，'一慢二看三通过'，这点到什么时候都要牢牢记住哦！"

月亮公主的话按说没错，可她的神情语气却叫火星王子很别扭。他胡乱点了一下头，很潦草地说："谢谢你，我真的非常感谢，现在我还有事，再见。"说完就要急于脱身。

"咳咳咳，怎么这样就要走啊？"

"怎么，还有什么指教？"

"我说你有没有起码的做人修养和道德水准？滴水之恩涌泉相报这句话你听没听说过？"

火星王子点点头："不，我好像……"

月亮公主逼进一步："什么仿佛好像的——清清楚楚告诉我，刚才我是不是救了你的命？"

"这……当然，肯定是！"火星王子自然无法否认，很快点了点头。

"滴水之恩当涌泉相报，我救了你一命，你该怎么报答我？"

火星王子认真地说："怎么报答也不为过！"

月亮公主得理不让人："原来你也明白这个道理，可刚才怎么轻飘飘说句谢谢就要走呢？你这样做对得起我吗？"

火星王子这时也深为自己刚才的行为感到愧疚，他真诚地向月亮公主道歉。月亮公主点头赞许说："孺子可教也，你还没有坏到根儿里去！不过光说不练假把式，说说具体想怎么报答我！"

火星王子想半晌，摇摇头说："我想不出，你说怎么办吧？"

月亮公主张口就来："我要你的命，给吗？"

火星王子一愣，沉默片刻，然后郑重点头："可以，不过我有一个条件……"

"说，什么条件？"

"报答你，必须在我找到蓝小露之后！"

月亮公主一副不耐烦的样子连连摆手："算了，算了，我最烦人家欠我债了，我可没耐心等那么久，换一个吧——让我想想……"她转转眼珠，然后一拍手，"有了，我不要你的命了，只要你娶我——怎么样，眨眼工夫捡条狗命又捡个美人儿，这次你该喜出望外了吧？"

"啊……"火星王子大吃一惊，他下意识地连连摇头。

"怎么，天上掉馅饼你都不要？你真是有病吧？"月亮公主也大惊小怪起来。

火星王子不知说什么好，急切间已出了一头汗："可，可，这、这怎么可以……"

"为什么不可以呢？这不比让你还我一条命强多了？让你还我一条命你还找什么蓝小蔚、红小蔚？娶了我，你不但白捡个老婆，而且我还可以跟你一起找你的蓝小蔚，这样时间就会节约一半，几率就会增大一倍啊……"

月亮公主开导了半天，火星王子还是闷声不响。月亮公主很快又失去了耐心："死活你说句话——愿不愿意吧！"

火星王子终于做出了一个艰难的抉择："等找到了蓝小蔚，我还是还你一条命吧！"

"什么，你——你宁可死也不想娶我？"月亮公主变了脸色。

火星王子没有再说话，

月亮公主的脸色变得很难看很难看，甚至眼里都有了杀气："你算什么东西？连自己是谁都不知道，还敢看不上我？告诉你，姑奶奶不过是逗你开心呢。真要嫁啊，姑奶奶宁可嫁猫嫁狗嫁个癞蛤蟆，也不会嫁给你这个龟孙兔崽子——你是个连自己是谁都不知道的混蛋王八蛋……"恼羞成怒的月亮公主越骂越气，越骂越不解气，甚至摩拳擦掌要揍这小子一顿。

可是挥挥拳她却停住了，火星王子那一脸惊愕，还有附近闻声围过来的路人们纷纷议论和指指点点，让她忽然住了手也住了口。

月亮公主打不下去更骂不出口了，她自己也不晓得刚才那满口粗野脏话都是哪里学来的。

当然更多的还是羞愧，她不好意思地对火星王子说："人家说不在这里练，你偏要来这里练，现在这么多人看多不好意思……不过，我的感觉，我的表演还是比前几次有进步。反正离实拍还有几天，今天咱们就到这儿吧。我得回去了，回去太晚妈咪会骂的。你也早点回家吧，路上当心啊，拜拜！"

哦，原来是演员在练习啊，怪不得一个女孩子家这么刁蛮，不过还真是那么回事……看热闹的议论着散去，只有火星王子站在原地愣了老半天。好一会儿，他才确定自己和月亮公主都不是演员，刚才那一幕根本不是在排练，而是月亮公主一个人在"演戏"。

喝，演得还真像，差点连老子都给蒙住了！望着月亮公主从容离去的背影骂出这句话，火星王子立刻明白自己也受到月亮公主的脏话感染，中毒了。

夜色深沉起来，但城市却越发娇媚入骨。火星王子一无所获地回到了公寓，灯也没开就倒在了床上。他感觉有些累，躺下不一会儿就睡着了。

又做梦了。梦里，火星王子一边追赶蓝小蔚，一边躲避着别人的追赶。追赶他的不是别人，正是月亮公主。

醒过来得很快很突然，不过火星王子不是被惊醒的，而是被一种异样的感觉唤醒的。睁开眼，眼前一派平静，因为他面对的是墙壁。

慢慢转身，火星王子终于发现了叫他产生不安的源头——一个黑衣蒙面人正站在床边。他的身材异常高大，身上披一件长大的黑色斗篷，浑身散发着浓重的杀气，借着窗外的微光，蒙面人手中那只手枪闪着寒光，冷森森凝视着火星王子的眼睛……

火星王子被逼上了公寓天台，他的身后跟着那个蒙面人，还有蒙面人手中的那只枪。火星王子没有反抗，面对一只近在咫尺的手枪，如果没有十足把握或恰当机会，那反抗是徒劳和不明智的，通俗说就是犯傻。

火星王子已经退到了大楼天台的边缘，再往前多走半步就是深渊般的虚空。茫茫虚空中，曾与火星王子擦肩而过的死神仿佛正张开贪婪的大嘴，等待着猎物的再次自投罗网。

火星王子已经无路可退。

"路到尽头，想干什么现在你可以告诉我了吧！"火星王子开了口，声音平静冷淡，似乎面对的不是真枪实弹，而只是一个塑料玩具。

一直不怎么开口的蒙面人终于说出了一句字数最多的话："你还算明白！我只问你一句——想死还是想活？"

"死怎么样？活又怎么样？"他的镇定冷静得和他的年龄很不相称，更跟平时判若两人。

蒙面人冷森森又开了口；"继续寻找蓝小蔚，你只有死路一条！想活，从现在起要学会选择放弃！"

火星王子没有说话。

"可以给你三分钟时间，希望你做出明智的选择！"

"不用了，根本不用考虑，也没什么可以选择的，你可以现在就杀死我！"火星王子的声音平静而坚定。

蒙面人很有些失望："你再想想，死了就什么都没了……"

"多谢了，用不着。"

蒙面人无可奈何地说："好吧，我成全你！"说着他的枪口对火星王子点了点，"是你自己跳下去，还是我打死你？"

"当然是你打死我！不怕死不等于自己找死！"

"好，那你转过身去！"

"用不着，每个人从出生那天起，就必须每天面对死亡，死是和生相伴而来的，没什么好怕的！"

蒙面人冷哼一声："哼，死到临头还胡拽什么，去地狱研究你的人生哲学吧！"说着把枪伸了过去。

"我要开枪了！"

火星王子没有开口也没有动一动，面部表情仿佛已经是个死人，微风拂动的只是他的睡衣。

"我要开枪了！"蒙面人再次警告。

"我真要开枪了！"蒙面人有些发急。

火星王子淡定得如同老僧一般。

"气死我了！"蒙面人怪叫一声，猛地一把扯下了黑斗篷，然后揪下了自己的脑袋。

这一下火星王子惊呆了——丢掉斗篷还有脑袋的蒙面人竟然是月亮公主！

月亮公主不但戴了个假脑袋，而且嘴边还戴了变声器，也难怪火星

31

王子没有认出她。她扔掉变声器，气呼呼地指着火星王子骂了句："你真该死！"

半个小时之后，坐在天台一直默不作声的月亮公主忍不住又开了口："那个蓝小蔚到底什么地方比别人好，让你那么痴迷，为了她你连命都可以不要！"

坐在她不远处的火星王子已恢复了平静和冷漠，"我也不知道她有多好，但她是我能想起来的第一个人。我想，她肯定是我最亲最近的人。所以，我必须找到她！"

"如果真的找到了，却发现她不是你的爱人怎么办？"

"不知道。但无论如何我必须先找到她，给她也给自己一个交代，这样无论结果怎样我都不会后悔！"

"你回去睡觉吧，我想自己待一会儿！"又过了一会儿，月亮公主又开了口。

火星王子没有客气，礼节性地道了声晚安，便很快离开了天台。

确定火星王子确实离开了，月亮公主突然按了一下右耳，然后开了口："'总统'，'总统'，他仍不肯放弃寻找。他真的把以前的记忆都抹去了，好像抹去得十分干净，可是不知怎么单单记住了这个叫蓝小蔚的女孩……很棘手……我可以确定他不是装傻做假……他很执著，是的，哦，我有一个计划……"

早晨，火星王子还没睁眼，便有一股香气扑鼻而来。睁眼一看，只见面前摆着热牛奶、烤面包，还有煎鸡蛋，而月亮公主正像个温柔的主妇一样，一双美丽的大眼睛正亮亮地望着他。突然之间，毫无防备的火星王子几乎被那双眼睛中充盈的糖水蜜汁儿淹没融化。

但是月亮公主的手中却握着一把刀。

火星王子忽地坐起来，诧异地望着这个又变得陌生怪异的女孩。

月亮公主也被吓了一跳，她下意识地后退了一步，同时瞪起眼睛叫起来："你干吗？发神经还是做噩梦了，总这么一惊一乍的——幸亏我没有嫁给你，否则早晚要疯掉！"

火星王子笑了。他好像是第一次在月亮公主面前笑，边笑火星王子边说，"哼，这才像你，刚才那样我以为不是别人冒充你，就是你在冒充别人呢！"

月亮公主这才发现自己又一次转型失败，她又懊恼又羞愧，刚要发火，可一转念又赶紧现出笑脸酿出蜜意："不好意思，从今天开始，我要以一个崭新的面貌出现在你面前，陪伴在你身边……"说着把隐藏在身后的左手伸给了火星王子。

月亮公主的左手拿着一只已经削好皮儿的大苹果。

"停停停！"火星王子没接苹果，却急火火喊停，两眼满是警惕和紧张，"你说什么？出现在我面前？陪伴在我身边？你想干什么？"

"我就是想陪着你啊？难道这有什么不好吗？怎么你不高兴？"

火星王子脸上刚刚现出的笑容立刻消失了："你为什么陪着我？你有什么理由陪着我，我们并没有什么关系啊！"

月亮公主尽力保持着微笑："千里有缘来相会吗！我们原来没关系，现在不是已经有关系了么！"

火星王子沉下了脸："别胡说，我们什么关系都没有，请你快走吧，别老缠着我好不好！"

月亮公主沉吟片刻，望着火星王子的眼睛真诚而动情地说："说真的，我很佩服你的执著，不管那个蓝小蔚到底是不是你的爱人，也不管你是不是为了爱，不管最后结果如何，你的执著坚定都让我佩服，所以我决定放下一切，和你一起去寻找——爱情！"

"用不着，这是我一个人的事，跟你半点关系都没有，你快走吧！"火星王子并不领情。

"我不走！我就不走！我偏不走！我决不走！你能怎么样？你执著，

我比你还执著?"月亮公主又上来了刁蛮。

"我不要看到你,你走!你给我走!"他突然咆哮起来,一挥手,床上的牛奶面包一下子被打落到地上。

洒了,摔了,碎了。

月亮公主和火星王子都惊愕了。

那一瞬间,月亮公主花容月貌一下子变得灰白黯淡。她傻了,然后捂着脸哭着跑了出去。

"月亮……"他脱口喊了一声,却没有追出去。

第三章
似是而非

老何是"蓝梦酒吧"的常客，酒量在这个酒吧是出名的。他曾经一晚上灌下了三瓶烈酒。

但是今晚老何却被别人震住了。

震住老何的是一个红衣女孩。那女孩一进酒吧就喊着要酒，不是一杯而是一瓶，不是红酒而是白兰地。眨眼工夫，已经七八杯下去，红衣女孩却是脸不变色手不抖。她晃晃头，可能感觉还不够爽，就叫服务生再来一瓶。见老何他们几个男人大瞪着眼睛看着她，她对着他们说："看什么看？哪个有量，陪本公主一起喝，本公主买单！"

白陪白喝，这便宜可不是每天都能碰到的，几个男人像见血的苍蝇一样争先恐后抢上来，纷纷毛遂自荐。

红衣女孩不耐烦了："争什么争？一起上！"她叫那五个男人一人满上一大杯，自己满上五大杯，然后和五个男人一起干。

五个男人一次一杯，红衣女孩一次五杯，三轮下来，男人只剩下了四个。五轮下来，男人只剩下了两个。八轮之后，男人只剩了一个，不过已经趴到了桌上。红衣女孩不但毫发无损，而且还在继续叫嚣："不过瘾不过瘾，还有量大的没有？没有，本公主可要走了！"

老何被深深地震撼了。

久经酒场，量大的老何见过多了，量大的女士老何也见过不少，可像红衣女孩这样把酒当水喝的他还是头一次见到。老何刚才没挤上前，不是他挤不上前，而是他不够积极主动。

因为那会儿他还有些看不上这个女孩。

女孩见没人应战，说声没劲，站起来要走。可是刚走了两步，她的身子就东倒西歪起来，不是扶住桌子，她险些跌倒。老何抓住时机喊住了她。

红衣女孩又晃晃悠悠转了回来，怀疑地问老何有多大量，她可不想再看男人钻桌子丢人现眼。老何胸有成竹地说试试。老何明知自己的酒量，远非红衣女孩的敌手，但现在红衣女孩已经喝了很多酒，而且酒精已经发挥了作用，别看她嘴上还挺嚣张，老何断定她已是外强中干虚张声势了，现在拼倒她应该不是难事。

"用杯太小气，我习惯用瓶！"一上场老何就想在气势上打垮对手。

红衣女孩果然有些犹豫："这、这，我……"

"怎么，怕了？你是女孩，可以选杯，我用瓶——这样也不算不公平……"

"好吧，那就依你……"谁都听得出红衣女孩说得有些勉强。

"等等，干喝也没意思，咱们打个赌怎么样？"老何灵机一动说。

"打赌？赌什么？"

"谁输了谁买单……"

"不行！"

"不敢？"

红衣女孩看来已经醉得不轻了，她摇头加重了筹码："输了不是给咱们两人买单，而是给这里所有的客人全买单！"

老何一愣，然后拍手叫好，又让老板和两客人做裁判公证。

第一瓶白兰地下去后，红衣女孩依然如故，老何只是面皮发黄而已。

第二瓶酒下去后，老何脸色更黄；红衣女孩依然故我。

待到第三瓶下肚后，红衣女孩还是老样子，老何的脸却是蜡黄蜡黄，像死人一样。

老何的第四瓶喝得很艰难。勉强喝下半瓶后，老何的脸已经比死人还难看了。他使劲睁开眼，却见对面的红衣女孩的第四瓶酒已经空了，而她的脸上却现出了得意的笑。

那一刻老何突然明白：上当了！

可是看着四周的客人，老何不想丢脸，更不想买单，他还想垂死挣扎赌一把。拼死灌下那半瓶酒后，老何又要了十瓶酒摆到了面前——这是最后一招了。

红衣女孩也要了十瓶酒，不同的是她叫服务生把十瓶酒全部打开了，更不同的是她又开始喝酒了。

老何看着红衣女孩手中的酒瓶。酒瓶的酒像前四瓶一样，很顺畅地流淌进红衣女孩红润的口中。

很快，第五个酒瓶又已瓶底朝上了。

红衣女孩又拿起了第六瓶酒。

老何终于看不下去了，他突然惨叫一声，捂着嘴就往洗手间跑。可是还没进门，他已经倒在门边狂呕起来。

红衣女孩并没有凯旋而去，而是又拿起了第七瓶酒。

就在这时，另一只手却抓住了红衣女孩手中的酒瓶。红衣女孩抬起头，立即瞪大了眼睛——不知什么时候，火星王子出现在眼前。

"你……"

火星王子说："月亮，别喝了，好吗？"

"我想喝，你凭什么管我？"月亮公主笑着说，红衣女孩当然就是月亮公主。

火星王子真诚地说："我一直在找你……"

"找我？笑话！你找的是蓝小蔚，我跟你有什么关系？"

火星王子更加羞愧："是我不好，不该那样对你说话！错了就应该改正，所以这两天我没有找蓝小蔚，而是在找你。我现在正式向你道歉，并且感谢你的救命之恩。我的承诺永远不会失效，找到蓝小蔚之后，我可以为你做任何事，我……"话还没说完，他却突然停了下来，他看到月亮公主正撇着嘴要哭。

火星王子有些慌。他不由自主地站起来，刚伸出手却又缩了回来，一时不知所措。

月亮公主终于抽咽起来："我想喝醉，我想像别人一样痛痛快快大醉一场，可我怎么也喝不醉，你知道喝不醉我有多痛苦么……"说着她就趴到桌上放声大哭起来。

火星王子没想到她会这么说，更没想到她真的会哭，一时间他更不知如何是好了。

哭着哭着，月亮公主突然止了声，然后抬头警告火星王子："你可别自作多情，别以为是你把我气哭的！"

火星王子搓着手点头："嗯……是……当然……"

月亮公主抹抹泪，拿过一瓶酒放到火星王子面前："罚你陪我喝一瓶！"

"不行！"

"你……"月亮公主又要瞪眼。

"我喝一瓶，你只能再喝一杯，否则就谁都别喝！"火星王子说得不容置疑。

月亮公主撇起嘴："好，你霸道，让你一次！"

从蓝梦酒吧出来时已是午夜，月亮公主不知什么时候挽住了火星王子的胳膊。看来这女孩是真喝多了，身子瘫软直往火星王子身上靠。火星王子很宽容地把一个肩膀舍给了她。

来到月亮公主的红色跑车前，两个人刚要上车，那边忽然有人呼救："来人啊，救命啊……"

抬头一看，却见一个男人正挟持着一个白衣女孩，极力想把她拖进小巷里。火星王子猛然推开月亮公主，飞快地冲了过去。

男人一见来了人便仓皇而去，火星王子扶起女孩一看，真是大吃一惊——眼前的女孩竟然是蓝小蔚！

火星王子怕再认错了别人的老婆，他定睛细看，这女孩和梦里梦外的那个白衣女孩一模一样！

没错，真的是蓝小蔚！

蓝小蔚一见火星王子，立刻惊喜地叫了一声，然后一头扑到火星王子肩上哭了起来。

火星王子轻轻抱着这个自己苦苦寻找的女孩，脸上现出的不是激动欣喜，而是迷惑。为什么是迷惑，这一点连他自己都奇怪。

"你是——蓝小蔚？"月亮公主很奇怪地打量着蓝小蔚。

蓝小蔚抬起头来，同样奇怪地打量着月亮公主，细声而肯定地说："我就是蓝小蔚！你是谁？"

月亮公主不回答，只是怀疑地仔细审视蓝小蔚。蓝小蔚很不友好地哼了一声，转头问："星哥哥，她是谁？"

火星王子没有回答蓝小蔚，却立即反问道："你叫我什么？你再说一遍！"

"叫你星哥哥啊！"你不就是我的星哥哥吗？怎么你忘记了么？

火星王子没有再说话，也沉思着打量起蓝小蔚来。而月亮公主则是满脸狐疑地围着蓝小蔚审查起来。蓝小蔚很是反感，一手拉住火星王子说："星哥哥，我们走！"

她把"我们"两个字说得比较重。

火星王子被动地走了两步，还是站住了，问她要带自己去哪里。

"回家啊！"

"回家？家在哪里？"

"家就在家啊，星哥你是幽默呢还是真的得了失忆症，怎么连家都找不到了？"蓝小蔚一副天真烂漫乖巧可爱的样子，眼里全然不见一丝阴郁和忧伤。

火星王子心里好像有许多问题，可一时又不知该问些什么。蓝小蔚嫣然一笑，灿烂如花："看你一副愁眉苦脸心事重重的样子，怎么和原来换了个人似的？这才离家几天啊！不过别怕星哥哥，有我呢，乖乖跟我走就行了！"说着又拉住了火星王子的手。

走了不远，蓝小蔚回头对月亮公主很不友好也很不理解地说："你跟着我们干什么？"

月亮公主嗤之以鼻："哼，脚是我自己的，路又不是你家的，我爱怎么走就怎么走！"

"好好好，那你先走，我们让着你——谁家丫头这么没有……"

火星王子拦住了她的话头："不要再说了，她是我朋友，我们一起走吧！"说完他下意识地挣开了蓝小蔚的手。

蓝小蔚很不情愿地让月亮公主也上了她的汽车。月亮公主却是毫不领情，而且还拉火星王子坐在后面，又故意坐得和火星王子很亲近，没话老跟他找话，连声音都变得有些娇嗲嗲的。火星王子疑惑地皱着眉，问她怎么了，是不是感冒了，月亮公主夸张地大声笑着说："我？我很好，我们不是一直都是这样吗？"

火星王子不再说话，在月亮公主近乎自娱自乐的说笑声中，汽车向西出了城，向城郊驶去。不知为什么，火星王子心里越来越不安，越来越阴郁。不久，一丛山峰的剪影便出现在他们的视线中。山峰不是很高，但比较茂密，在迷离的夜色掩映中，很茂密的山峰就显得很是神秘甚至是诡异阴森。在茂密的山峰中，有光亮若隐若现。

又靠近一些后，终于可以看出那光亮是从一座建筑的顶部发出的。那似乎是一座孤独的建筑，有着黑色尖顶，有些像教堂。它的顶部虽然灯光明亮，但却给人这样一种感觉：这里就是黑夜的源头！

就在望见黑色尖顶的那一刻，火星王子突然浑身一震，脱口叫了一声："停车！"

蓝小蔚和月亮公主第一次非常一致地意外了。蓝小蔚没有停车，甚至没有回头，只是随口问了句："星哥哥怎么了？咱们很快就要到家了！到了家我们就什么都不怕了啊！"

"不不，停车，快停车！"火星王子说着猛然去抢夺方向盘。

车子摇摆几下，终于停住了。火星王子打开车门跳下去就往回返，蓝小蔚和月亮公主不约而同地看了一眼，又不约而同地下车想要唤回他。火星王子不应，连头都没有回一下。

但是，火星王子没有走出多远，便不得不停住了脚，因为一个蒙面黑衣人拦住了他的去路。刚开始，火星王子还当又是月亮公主，可很快他就判定这个人不是月亮公主。

火星王子没有说话，蒙面人也没有说话。对峙片刻后，火星王子想绕开这个蒙面人，这个蒙面人没有阻止他，但是另一个蒙面人又挡在了他的面前。

两个蒙面人一左一右挡在面前，他们虽然没说一句话，也看不到他们的面目，但是他们身上散发出的阴森杀气却和这浓稠的夜色交织融合在一起，因此显得无比浓烈强大，仿佛这无边的黑夜都是他们的同伙。

在他们面前，火星王子显得异常孤单无助。但是火星王子没有退缩，也没有再跟他们兜圈子，他直接而强硬的向他们走过去。

两个蒙面人做好了格斗的架势。火星王子没有要动手的意思，但他也没有丝毫停顿，他的脚步随意而又毫不迟缓。就在火星王子快要从身边走过去的一瞬间，两个蒙面人终于出手了，他们像两团黑云，挥动着整个夜晚的黑暗，一下子就把火星王子罩住了。

打斗开始了。

打斗还算得上激烈，但没有浪费很多时间，随着两声惨叫，黑云消散，两个蒙面人倒在了地上，火星王子则已经大步向前。

但是很快，前边又跳出了蒙面人，不是一个两个，而是四个。火星王子一步未停，像一颗出膛的炮弹一样一往无前。

打斗不可避免。这次时间稍长，但结果相同，倒在地上的还是那些黑衣蒙面人，继续向前的还是火星王子。

黑夜仿佛可以随时用自己的黑暗制造黑夜蒙面人，再次拦住火星王子去路的蒙面人不是两个也不是四个而是一群。这次打斗得很激烈、很火爆、很有搏命拼死的风格，相对来说时间也有些长，不过最后的结果却和上两次没什么不同——黑衣蒙面人还是一群，不过这一群人都已倒下。

火星王子继续向前，虽然他再次胜利，但他依旧孤独，仿佛无论他怎么努力，都无法冲散这无边的暗夜的包围。

一辆汽车追了上来，是蓝小蔚的车，车上坐着月亮公主，她们示意他快上去。火星王子不理他们，直到月亮公主说了句："快上来，他们很快就要追上来了，咱们一起回城！"

车子开进了城。一个小时之后，火星王子和月亮公主又一次坐到了蓝梦酒吧，而且这次还多了一个蓝小蔚。

老何还在。他本来还没完全醒酒，可一见这三个人，朦胧的醉眼立时瞪大了，像见了鬼怪一般。

三个人不理会不知因何吃惊的老何，也不说话，只是一杯复一杯地喝起了闷酒。喝得半醉之后，三个人又跑到一家迪厅，一直疯狂到天亮……

火星王子醒来时正躺在自家客厅的沙发上，时间已是下午。他的身子漂浮无根，头还隐隐作痛。那一刻他的意识忽然短路，记忆一片空白，怎么也想不起自己是谁，此时此刻为什么会出现在这个世界的这个地方。

直到看见还在卧室熟睡的那个女孩，他这才想起自己叫火星王子，好像还叫星哥哥，那个睡在床上的女孩不是月亮公主就是叫蓝小蔚。

火星王子闭上眼，过了一会儿再睁开，认真观察面前的女孩。女孩很漂亮、很青春、很可爱，同时也很陌生。

就在这时，女孩睁开了眼睛。女孩睁开眼睛那一刻，火星王子终于想起——这个女孩是蓝小蔚——似乎是他苦苦寻找终于找到了的恋人！

但是四目相对，彼此的目光竟是那样陌生。

不过，蓝小蔚却笑了，她像一只蝴蝶轻盈飞落在火星王子的怀中。

"醒来见到你真好！"在火星王子脸上轻轻亲了一下，蓝小蔚轻轻说。

火星王子抱着蓝小蔚，她那一脸快乐和幸福离自己是这样近，近得让他有些看不清。于是他脱口问了句蠢话："你——真的是蓝小蔚？"

这句不合时宜的问话立即结束了蓝小蔚的幸福和快乐。她收起了脸上的笑靥，脱离了火星王子的怀抱，低下头幽幽说："自从你离开之后，我就一直在找你。我发誓，就是找到地老天荒，找遍古代未来，也一定要把我的星哥哥找回来……当你回到我身边之后，你知道我有多高兴多幸福……可是我发现，重新找回的你已经变得叫我不认识了，星哥哥已经不是原来的星哥哥了……"

这些话叫火星王子心中一痛，他情不自禁地伸出手去。蓝小蔚又一次扑到他的怀里，委屈地哭了起来，边哭边求他跟她回去，回到家，回到从前。

火星王子不想提从前，不想回家，可他又不想继续让蓝小蔚伤心。正在为难之际，一个人及时走了进来，火星王子下意识地推开怀中人，迎上一步问她去哪里了。月亮公主开心地指指上边，肯定又去天台了。火星王子还要说什么，蓝小蔚却在身后醋意十足地先开了口："呵，怪不得不肯回家呢，原来是有了牵挂啊！"

月亮公主冷笑一声："你说错了，火星不愿回家并不是因为有什么牵挂，而是因为……"她故意拉长声调卖关子。

"因为什么？"蓝小蔚和火星王子同时问。

"因为——你不是蓝小蔚！"

这句话石破天惊，火星王子惊呼一声瞪着蓝小蔚。蓝小蔚虽然也很意外，却并没有太吃惊，她相对平静地反问："哦，说我是假的，你有什么资格？你有什么证明？我还说你是假的呢！"

月亮公主诡笑一下："是的，我没有资格说你真假，可有人有，刚才我下了天台出去的时候，正碰到了你的熟人来找你……"

"熟人？在哪？"这回蓝小蔚显得很意外。

月亮公主咯咯一笑，回头说："门外的朋友，你进来看看这里有没有你要找的人！"

随着她的话，一个身材魁梧又有些近乎粗野的男人推开虚掩的门走了进来。进屋一见蓝小蔚，魁梧男人不由分说迅速上前抓住了她，然后才说："小红，我可找到你了，你怎么跑到这里来了？"

火星王子本能地要出手保护蓝小蔚，但他的手只出到一半就莫明其妙地停下了，而且那一刻他竟然有闲暇注意到魁梧男人左手背上有道显眼的刀疤，同时他心里还马上弹跳出"刀疤手"这个名字。

蓝小蔚有些猝不及防，她想摆脱"刀疤手"的手，可无论她怎么挣扎也无济于事，她只好向火星王子求助："星哥哥救我！"

火星王子没有动，只是冷静地问道："怎么回事？"

"刀疤手"粗着嗓子说："小红是我女朋友，我们两小无猜青梅竹马，昨天她突然精神失常从家里跑出来了，现在我要带她去医院！"

"别听他的，他在胡说，我根本不是什么小红，我是蓝小蔚，星哥哥快救我！"蓝小蔚几乎是在喊。

火星王子心为所动，手也要动，月亮公主急忙开口阻拦："火星，你冷静地想一想，她跟你要找的蓝小蔚一样吗？"

这句话切中要害，火星王子犹豫起来。蓝小蔚却又喊起来："星哥哥别听她的，她们肯定是一伙的——放开我，快放开我！"

"刀疤手"严重警告："你可别乱来，小心我告你诱拐良家少女——我也不想把她关在医院，可她发起病来太凶了，又撕又打还咬人呢——啊……"他的话被当场证明了，说话间"刀疤手"要去捂蓝小蔚的右手真的被蓝小蔚狠狠咬了一口。血当即染红了她的唇和他的手。

"啊，啊，太恐怖了，吓死人了，快把她带走，快啊！"月亮公主夸张的惊呼甚至比蓝小蔚的行为更为恐怖。她叫喊的同时已扑进火星王子的怀抱，并把头埋到他的肩头，在他怀中夸张地颤抖。

与此同时，"刀疤手"已经像老鹰捉小鸡般牢牢抱住蓝小蔚向门外走去，蓝小蔚还在呼喊求助。在她被带出门的那一刻，穿透"刀疤手"宽厚的身体，火星王子的眼睛似乎看到了蓝小蔚那张惊恐的脸上满是泪痕和绝望。

火星王子的心动了动，人却没有动！

片刻之后，火星王子终于动了，不过不是追出去抢救蓝小蔚，而是拥着月亮公主来到窗前，观看着蓝小蔚被"刀疤手"塞进一辆汽车扬长而去。

他记住了那辆车的牌号。

"她被带走你高兴吗？"半晌，火星王子问。

月亮公主摇摇头，充满悲愤地说："不，我很同情她，可怜的人……"

之后两个人再没说话，天却不知不觉暗了下来。

半夜里，月亮公主轻轻走出卧室，悄悄开门走出房间，来到了天台。

确定没有尾巴后，她按一下耳朵，接通讯号，月亮公主开始呼叫："'总统'，'总统'……"

"你想干什么，不但不配合反倒穿帮拆台，你是不是疯了？"月亮公主的耳朵里传出一个人恼怒的喊叫。

"'总统'我说过，我有我的计划，这次行动是我负责的，我不想让别人随便插手打乱我的计划！"

"我不管你什么计划，我只要无名快点回来，我需要他需要他！"

"要他回去并不很困难，可现在这个样子就是强制他回到家，他也会成为废人！"月亮公主口气也有些强硬起来。

45

幻影迷踪

过了片刻，男人口气和缓一些问："那你打算怎么办？"

"'总统'，给我点时间，只有打开他的心结，才能让他恢复过去的状态，人回不回家不重要，让心回家才是真正的回家……"

"好吧，不过要快，我们期盼已久的最重要时刻很快就要来临——另外你要注意了，我感觉你最近有些失常……"

按一按耳朵，通话结束，月亮公主吐一吐舌头，下了天台，又悄悄溜回了房间。

回到房间月亮公主就发现，刚才自己出去时还睡得很熟的火星王子不见了。

黑色眼罩被摘掉时，蓝小蔚发现自己已经置身于一个陌生的房间。房间简陋阴暗，散发着一股霉气。

"这是什么地方？你到底是什么人？为什么要把我带到这里？"蓝小蔚眼中有几分恐慌，更多的则是惊疑。

"刀疤手"肆无忌惮地看着蓝小蔚，嘴里呃呃赞叹："小妞真是水灵撩人，怪不得她容不下你……"

"她？是不是那个月亮公主？"

"真是美丽又聪明，一猜就中！我也是才知道她叫月亮公主的，听你说的！嘿嘿！""刀疤手"贱皮贱肉地往蓝小蔚身边凑。

"你要干什么？别过来！"蓝小蔚更害怕了，她边叫边躲。

"刀疤手"虽然一副色鬼模样，可最终还是没敢轻举妄动，不是他想控制自己，而是因为她的雇主月亮公主曾经警告过他，如果他敢打蓝小蔚的坏主意，她的枪绝不会饶恕他。虽然"刀疤手"不敢不信月亮公主的话，可是在这样的地方面对这样一朵含苞初绽的鲜花，时间一久"刀疤手"一定会变成一只舍生忘死的狂蜂浪蝶——这一点月亮公主不了解，但"刀疤手"自己了解自己。

咽了几口唾沫，"刀疤手"又把蓝小蔚从上到下狠狠看了一遍，然后强迫自己离开了那所让他心痒难耐的房屋。

"刀疤手"一走，蓝小蔚应该有机会可以逃走，可惜"刀疤手"走之前已经把她牢牢捆绑在了床上，还封住了她的嘴。蓝小蔚挣扎了一阵，毫无效果，只好作罢。她只有等待。她不知等待自己的会是什么样的命运。

　　这样的时刻，时间总是特别慢，慢得像一只负重的老蜗牛。

　　天快亮时，醉醺醺的"刀疤手"回来了。通红着双眼，跟跄着脚步。"刀疤手"晃晃悠悠来到蓝小蔚床前，贪婪地看了起来，边看还边咂嘴，像饿狼面对着一只羔羊。

　　蓝小蔚惊惧地望着"刀疤手"，连大气都不敢透，但她的身体却又不由自主地哆嗦着。

　　望着蓝小蔚乱颤的娇躯，"刀疤手"眼中欲火中烧。他的喉结滚动两下，猛然扑到床上，一把扯下她嘴上的带子，抱住蓝小蔚不顾一切地亲啃起来。

　　蓝小蔚拼命挣扎却无济于事。她本能地尖叫呼救。可是，她的抗拒挣扎叫喊却招致了"刀疤手"更加疯狂的进攻。

　　蓝小蔚的白衣被撕破，现出如雪的肌肤。

　　"刀疤手"发出兽类的咆哮，他的狼爪样的一只手伸向了蓝小蔚的裙子。

　　"刀疤手"手上的刀疤闪着邪恶的欲光。

　　蓝小蔚还在叫喊着，但她的叫喊声已和她的两眼一样充满绝望。

　　突然，"刀疤手"的手连同整个人都僵在那里不动了，同时他眼中的欲火也倏地熄灭，随后便身子一歪栽下床去。

　　"刀疤手"栽倒下去的同时，他的身后现出了火星王子。

　　望望倒在床下的"刀疤手"，再看看自己张开的两手，火星王子惊恐而惶惑地喃喃自语："我杀死了他，我把他杀死了，难道我真的是杀……"

　　"救我，救我……"

　　蓝小蔚羞愧的呼声惊醒了火星王子。他急忙给她解开绳子，并把她扶了起来。蓝小蔚刚起身便一头扑到火星王子怀里哭了起来。火星王子不知道该说什么好，只是很自然地抱着蓝小蔚，很自然地轻轻拍抚着她。

两个小时之后，火星王子和蓝小蔚已坐在了海边的礁石上。

"谢谢你，幸亏你来得及时……"蓝小蔚惊魂甫定却又心有余悸。

火星王子有些愧疚地说："其实我不是专门来救你，而是为了找你问清一些事情……"

蓝小蔚一愣，随即说："不管你是为什么而来，总之你救了我，你有什么问题尽管问吧，只要知道的我都会认真回答你。"

火星王子马上问道："你真的是蓝小蔚吗？"

蓝小蔚点点头："我就叫蓝小蔚。"

火星王子望着她，蓝小蔚又一次点点头，郑重地说："我就叫蓝小蔚！"

火星王子也郑重点点头："我相信你的话！我还要问你，以前你认识我吗？你到我的公寓楼下去过没有？"

蓝小蔚摇头，肯定地说："没有，从来没有！"不等火星王子再问，紧接着她又反问一句，"你一定想知道我既然从来不认识你，为什么又要冒充你的恋人吧？"

"是的，我非常想知道！"

蓝小蔚稍作犹豫，可还是很快说出了实情。她说冒充火星王子的恋人，并把他带回家，这是"组织"交给她的任务，至于别的事她并不知情。火星王子追问"组织"是什么组织，负责人又是谁，蓝小蔚摇头说，她只知道"组织"，却不知道是一个什么样的组织，更不知道谁是负责人，因为"组织"有极严格的规定，不该她知道的她绝对不能知道，她的使命就是认真完成好"组织"交给她的每项任务。

"是这样……"火星王子自言自语沉思着。当他抬起头时，却见蓝小蔚正满眼忧郁地望着大海。

这一刻火星王子看到，海面上涌动着无边的忧郁。这一刻他突然觉得这个蓝小蔚似乎就是自己要寻找的那个蓝小蔚。他不由关切地问道："怎么了你——哦，这次你没有完成任务，没有把我带回家，对吧？"

蓝小蔚凄然一笑："是的，我不但没有完成'组织'交给我的任务，而且我向你泄露了绝对不该泄露的组织机密，你知道我将面临着什么样的处罚么？"

火星王子用着急切的目光询问她。

"消失。"

"消失？"

"对，通俗地说就是死亡！"

"什么？"火星王子很是震惊，随后他又追问一句，"这么严重？真的吗？"

蓝小蔚淡淡一笑，指了指腕上那块表："我做的一切都在'组织'的监视之下，包括现在我和你说的这句话。"

火星王子望着蓝小蔚，却说不出话来，只是眼中满是愧疚——如果早知道会害了这个蓝小蔚，他就什么也不会问她了。

蓝小蔚又笑了，很轻松的样子："不怪你，是我自愿的，我本来什么都可以不说的……"顿了顿，望着火星王子，她的神情柔暖安详起来，甚至笑容也有些灿烂起来，"以前我很怕死，但现在我好像不怕了，因为这是我自己的选择——第一次我有了自己的选择……不过我有个愿望，不知能不能实现……"

"你说！"

蓝小蔚脸上现出了几分羞怯几分不安，不过她还是鼓足勇气说出了自己的心愿："虽然我不是你要寻找的那个蓝小蔚，可我还是想让你像对恋人一样抱抱我，因为、因为我不知恋爱是什么样一种感觉……"她的声音越来越细，越来越轻，到后来轻细得就像一缕微云薄雾，已经似有若无了。

火星王子认真听着，两眼一刻也没有从她的脸上移开过。他多么希望这个蓝小蔚就是自己正在寻觅的那个蓝小蔚啊!

可惜,她不是。

但是等到蓝小蔚说完后,火星王子还是慢慢伸出手去,将蓝小蔚轻轻揽进了怀里⋯⋯

蓝小蔚伏在火星王子怀里,身子轻轻颤抖着,脸上流淌着泪水,泪水里绽放着幸福。

终于,蓝小蔚哭了起来。

许久许久,蓝小蔚终于长舒了一口气,依依不舍地离开了火星王子的怀抱。

"好了,现在我没什么遗憾了——谢谢你,火星王子!"蓝小蔚轻轻说着,深深望了火星王子一眼,然后缓缓转过身,慢慢走去。

火星王子望着蓝小蔚越来越远,越来越远。

火星王子也准备离去了,可是就在他转身之前的那一瞬,他突然喊了一声:"等一等!"

喊声未落,火星王子已经站在了蓝小蔚面前。蓝小蔚意外地望着他,火星王子没有说话,只是毫不迟疑地摘去了蓝小蔚左腕上的那块表,然后用力把它抛进了大海之中。

蓝小蔚眼中满是感激,但她却没有说话。

"跟我走!"火星王子拉住了蓝小蔚的手。

蓝小蔚摇摇头:"没用的,他们会追杀我到任何地方,我不能连累你,你走吧,我们本来就是陌生人,我们的相识只是我的一次任务而已⋯⋯你不用再管我了,我会永远感谢你!"说完她毅然挣开火星王子的手,转身又走。

火星王子再次挡住了蓝小蔚的去路:"我跟你走!"

"去哪里?"蓝小蔚眼中阳光闪烁,但瞬间即灭。

"回家!"

第四章
亡命之旅

　　火星王子跟着蓝小蔚向"家"里走去。虽然他从不认为那里是他的"家"，虽然他曾经拼死也不情愿到那个地方去，但现在他却一步步向那个地方走去。

　　那个地方就是城西那座隐秘在山峰中的诡秘建筑。

　　火星王子本是跟着蓝小蔚的，但现在他却走在她的前边。

　　那座山离火星王子越来越近，隐约已经可以看到那所气象怪异的尖顶建筑了。

　　这次是在白天，但那座建筑仍然像黑夜一样神秘莫测。

　　脚步很慢，也很快。

　　虽然看不到黑衣蒙面人，但火星王子知道，前后左右其实都有跟踪监视的人。只是他毫不理会。

　　火星王子站住了脚，因为他感觉蓝小蔚落在后面了。回头，蓝小蔚在远远的后边走得很慢很慢。

　　火星王子耐心地等着，直到蓝小蔚走到近前，火星王子问她是不是累了。蓝小蔚摇摇头："不，我不想再让你走下去了，我们往回返吧！"

　　火星王子摇头，很坚定地说："我明白你的心思，但我绝不会看着你因我而死！"

　　"可即使你去了，他们未必就会免我一死！"

　　"我们没有别的选择。"火星王子说着就去拉蓝小蔚的手。

"不……"蓝小蔚缩回手，还要说什么，一辆黑色轿车抢先停在了他们身边。

"两位要搭车吗?"司机探头问。

火星王子点点头，蓝小蔚却惊恐地摇着头，她发现附近不知什么时候已经多了一些"闲人"。

司机笑道： "上车吧，顺路，我们也许要去的是同一个地方呢……"

他的话音未落，一辆红色跑车又抢先停在了黑色轿车前，车上那个火苗儿一样鲜亮耀眼的女孩冲火星王子和蓝小蔚高喝一声："上我的车，快!"

这红衣女孩正是月亮公主!

火星王子和蓝小蔚上车还没坐稳，月亮公主的车已猛然掉头，向城里冲去。待到那辆黑色轿车和那些"闲人"反应过来，月亮公主的车已经冲出老远了。

"停车，快停车!"火星王子也没想到月亮公主会突然返回，他不禁大叫大喊起来。

月亮公主不回他的话，更没有停车，反倒再次加速。汽车快得要飞起来一般。

火星王子急了，他想跳车。这时后边已经有几辆车在同时追赶，而前边也有一辆大卡车横在了路上。

月亮公主叫声"你找死啊，"回手猝不及防的一拳重重打在了火星王子头上，随后跑车加速向大卡车冲去。

大卡车像一块巨大陨石，恶狠狠地向红色跑车压来。

就在即将撞上卡车的那一瞬间，红色跑车猛然掉头跃出护栏，重重落在了坡下的草地上。而紧随红色跑车身后的黑色轿车却收势不及，一头撞到了卡车上。

一声爆炸，一团火光。

跑车着地的那一刻火星王子本来已经醒了过来，可随即他又一次昏了过去，因为他被抛出车外老远，重重地砸在了草地上。

幸亏是草地。

火星王子再次醒来时，发现自己正躺在一间潮湿阴暗的地下室中，他的身边守着一个白衣凌乱的女孩。

啊，是蓝小蔚！

火星王子激动地坐了起来，坐起的同时，左臂的剧痛也让他脱口叫了一声。

"快躺下，你现在还不能动！"蓝小蔚急忙扶他重新躺下去。

这时火星王子才想起，这个蓝小蔚并不是他一直寻找的那个蓝小蔚。这时火星王子才感到，疼痛不仅仅来自左臂，而且还来自他的头部。

蓝小蔚告诉他，他被甩下车后摔断了左臂，并造成了脑震荡，月亮公主已买来药物给他服下并敷上，但断骨要二十四小时才能长合恢复，也就是说他还要静养十几个小时。火星王子问这是什么地方，月亮公主去了哪里，蓝小蔚说他们现在正在天都大厦的下面，月亮公主出去查看动向去了。

"查看动向？查看什么动向？"火星王子很是不解。

"查看什么动向？还不是因为你！"随着话音，月亮公主回来了。

"到底怎么回事？"火星王子真的很不解。

"因为阻止你'回家'，我们现在都已经成了被'组织'追杀的对象！"

"我们？组织？你和她的'组织'？"火星王子看看月亮公主再看看蓝不蔚。

月亮公主冷笑一声："不是我和她，是我和她和你，其实我们都是同一'组织'的人！"

"什么我也是……"月亮公主石破天惊的这句话叫火星王子一下子

目瞪口呆，一时间他怎么也不相信月亮公主的话。

"别把眼睛瞪那么大，如果你不私自'回家'，起码现在我们不用东躲西藏的！"

"可我……"

"我都知道了，蓝小蔚都告诉我了……"

月亮公主的这句话提醒了火星王子，他打断她的话问："你为什么阻止我？你不是一直希望我'回家'么？"

"这……"一句话倒把月亮公主问愣了，她思忖着说，"我为什么要阻止你？为什么？"

火星王子和蓝小蔚对视一眼，然后又一齐望向月亮公主。月亮公主突然有些烦躁地在自己面前挥一挥手，说："去他的，顾不上想这些了，反正现在咱们成了一条船上的贼，还是想想该怎么逃命吧！"

火星王子更加不明白了，他还是不懂为什么要逃亡。蓝小蔚轻声说："过去之所以没有危险，是因为'组织'一直希望你'回家'，而我和月亮都是被'组织'派来带你'回家'的人，所以那时我们没有危险，那些黑衣蒙面人也是'组织'派出协助我们完成任务的……但现在我们已经一同背叛了'组织'，所有'组织'的人都是我们的敌人了……"

"你们俩真是串通好了的？"

蓝小蔚摇头："不，'组织'有严格的纪律，我们不认识，更不了解对方的身份！刚才是月亮先说了她的身份我才知道的……"

月亮公主有些自得地说："但是从见到她第一眼起，我就猜到了她的身份！"

蓝小蔚欲言又止，只是轻轻笑了笑。

这回轮到火星王子陷入沉思了，他喃喃自语着："我也是'组织'的人？我怎么会一点不知道……"

月亮公主冷笑一声，脱口说句："不是你不知道，而是你在逃避，你努力在遗忘，你是有意忘记自己是什么人!"

月亮公主这句话叫火星王子心头猛然一震，连身体都颤抖了一下。他不知为什么竟然惊恐地连连说着："不，不会的，不是这样的，不，我不是不是……"

月亮公主还要说什么，蓝小蔚却给她递了个眼色，用手指在嘴边做了个制止的手势。月亮公主闭了嘴，可忽然觉得不对头——她为什么要听蓝小蔚的？可是没等她再次开头，蓝小蔚已先说了话："火星王子，你还没有恢复，你现在需要休息，睡会儿吧，睡醒之后也许你会想起什么，睡吧，睡吧……"她边柔声说着，边轻轻扶火星王子躺下，又轻轻拍着他的身子。

蓝小蔚轻柔的话语和抚慰竟然像具有魔力一般，火星王子很听话地躺下去闭上眼睛，又喃喃低语了几句，不一会儿真的睡着了。

月亮公主心里又惊奇又莫名其妙地很不爽，不过看看刚刚睡着的火星王子，她还是把到嘴边的话咽了回去，一转身又去外面探查去了。

火星王子不知自己睡了多久，但他肯定没有睡够，因为他是被月亮公主连拉带喊弄醒的。

"快起来，我们的行踪可能暴露了，赶快走!"

火星王子立时警醒。三个人很快来到了天都大厦一层大厅内。

天都大厦是这座城市的标志性建筑。它是一座设施齐备的综合楼，非常著名不仅因为它高大挺拔，还因为造型的奇特，还有内部装修的先进考究。不过，此时火星王子他们三人顾不上欣赏这座著名的楼。他们急于要从这座大楼逃出去。

可是，转到前厅还没到门口，他们就已大吃一惊——隔着大玻璃窗，他们看见门前的小广场上黑压压的全都是人……

那些人在广场上像是在集会庆祝什么的，但是月亮公主和蓝小蔚一眼看出，人群里夹杂着很多'组织'的人，甚至火星王子都凭直觉感受到了强烈的危险气息。

　　三个人互相看了一眼，虽然没说话，但心里都明白——走正门肯定是出不去了。

　　转身，身后已经有几个形迹可疑的人盯住了他们。

　　"快上电梯！"月亮公主说着已经向电梯跑去。火星王子和蓝小蔚紧跟在她身后，可他们还是晚了一步，电梯前已经围拢了好几个粗壮男人。好在月亮公主已经预料到这一点，去电梯只是虚张声势，待到把那些人吸引过去时她们突然又转头奔向楼梯。

　　没想到楼梯上也有人堵截。看来"组织"已经准确掌握了月亮公主他们的行踪，只是不知道他们藏身地下室，或是连这一点也已知悉，守株待兔只不过是想给他们一个出其不意。

　　三个人别无选择地和那些人搏斗起来。

　　那些人被称为"救世军"，这是后来月亮公主告诉火星王子的，而蓝小蔚也是第一次听说了"救世军"这个名字，可见"组织"管理的森严。

　　三个人中蓝小蔚力量最弱，火星王子断臂处已敷上了最新上市的膏药，但因为时间未够二十四小时，他也不能施展全力。唯一可以毫无顾忌的是月亮公主，她像一团烈焰，大有星火燎原所向披靡之势。月亮公主打得酣畅淋漓、越战越勇，不一会儿就打倒了冲上二楼的十几个"救世军"，这时她才想起了两个同伴。

　　回头，火星王子和蓝小蔚正被七八个"救世军"围困在楼梯半腰。

　　火星王子虽然一只手臂带伤，不过对付这些人也应该不在话下。可现在身边多个蓝小蔚，他便多了一个包袱，不光要打倒对手，还要保护同伴，行动自然比不上月亮公主轻灵迅疾了。

　　好在月亮公主及时回援相助，而且这次她没有光顾自己快意打斗，而是和火星王子把蓝小蔚护在中间、彼此联手，前后呼应左右声援，这样一来威力大增，不一会儿三个人就占领了二楼。

　　这时身后不但又有二十多个"救世军"紧紧追赶上来，而且二楼也已冲出一大帮堵截——似乎整憧天都大厦都被"组织"控制了。

月亮公主正要挥拳迎战，火星王子却突然说声下去，自己已先抱起蓝小蔚跳了下去。

月亮公主跟着也跳了下去。

待到"救世军"追到电梯门口时，电梯的门刚好关闭。

电梯带着火星王子他们三人一直上升。中途总有人企图抢占，但都被他们拒之门外，看来在十层以下都有"救世军"把守。他们只能一直上升。

电梯终于到了这座一百零八层建筑的最顶层。

最顶层是观光大厅。晴朗的天气，站在这里凭栏眺望，全城风光可以尽收眼底。今天就是个格外晴朗明媚的日子，但三个人都顾不上多看一眼——"救世军"马上就会追上来，他们必须尽量找到一条逃生之路。

"救世军"真是太迅速了，还没等他们找好逃亡路径，追兵就已经赶到了。

火星王子他们只能又和众多"救世军"们搏斗起来。

观光客们吓得四散躲逃，有几个胆大牛仔不知死活地凑上前想充当一次群众演员，结果很快就因绊手碍脚被"救世军"打翻在地。

火星王子他们只有三个人，其中蓝小蔚还是个被保护对象，而"救世军"的人却越来越多，双方力量相当悬殊。好在这时火星王子和月亮公主已经自觉不自觉地联手作战，而且配合也越来越默契，这样一来威力再次增加，观光厅内外很快躺倒了许多"救世军"。

危局刚刚有所缓解，一架最新式小型直升机却突然无声无息地出现在他们头顶，并且突然向他们开枪射击。火星王子和月亮公主反应敏捷，蓝小蔚却稍慢一步身上中了一弹。

已经跑进大厅的火星王子冒着枪弹跑出来抢救蓝小蔚，月亮公主则拔出了插在靴子内的大口径手枪，向飞机连开了几枪。虽然她故意没有射中，可飞机还是赶忙逃开了。火星王子趁机把蓝小蔚抢进了大厅。

57

不过，很快直升机又转了回来，而且由一架变成了三架。三架直升机绕着观光塔转圈飞行，把观光塔完全封锁了，楼下面则又有"救世军"源源不断补充上来。

蓝小蔚已经昏迷不醒，需要救治，而这样纠缠下去，他们坚持不了多久就会被打死或生擒。月亮公主不得已一按耳朵，又打开了已被自己中断的通讯器，当着火星王子面喊起来："'总统'，你马上把人撤走，否则我可要翻脸了！"

月亮公主的耳朵中传出了一个男人低沉而又磁性的声音："一号，你已经很离谱了——带不回无名，你就自己回来吧，现在还不晚！"

"我说过我有我的计划……"

"别说你的计划了——我宣布计划取消！""总统"口气严厉起来，"这是你最后的机会——我一直没下令开枪，刚才用的不过是麻醉枪，我希望你能主动回来，我很想你，你……"

"总统"的话戛然而止，因为月亮公主中断了通讯。暂时蒙混过关的希望破灭了，现在只有死拼硬打了，这一点月亮公主很明白，但她不明白自己为什么要选择对抗或说背叛'组织'，为什么要选择和火星王子一起逃亡。

当然这个时候也不允许细想多想，因为又一场恶战开始了。

又是一番搏斗，虽然火星王子和月亮公主暂时还是胜利者，但对手也还在补充中，而她们已经感到很疲惫了。何况，蓝小蔚还在昏迷中，火星王子受伤不久，手臂还未痊愈……

"不行，咱们得想个办法，这样下去咱们不被打死也非累死不可！"月亮公主忙里偷闲说。

"是的！"火星王子打倒一个"救世军"，又接着说，"可是往哪里逃？我看除了跳楼没别的办法——要不然你还是回去吧，你和我毕竟不一样，我不想连累你……"

"废话少说……"月亮一分神，脸上差点挨了一拳。打倒了两个对手，她赶忙问火星王子敢不敢跳楼。

火星王子说："什么敢不敢，到了万不得已，我宁愿跳下去也不会让他们抓回去！"

"那么她呢？"月亮公主冲蓝小蔚努努嘴。

火星王子把眼前一个"救世军"打出大厅后才说："我听说他们对待背叛者很残忍，所以我会带上她一起跳！"

月亮公主说："抱上她跟我来！"说着她又开了两枪，同时跳上桌子大喊一声，"这里有炸弹，大家赶忙逃命吧！"

躲在大厅的观光客们嗡的一声向大厅外涌去，月亮公主和火星王子随着观光客们出了大厅，不过他们没有挤向电梯，而是停在了护栏边。

"跳？"火星王子望望下边，有些犹豫。

"跳！"月亮公主回答得肯定干脆。

火星王子抱着蓝小蔚纵身就跳。

"咳，傻瓜你找死啊？"月亮公主及时拉住了火星王子。

火星王子回头，却见月亮公主正把一根很细的带子系在护栏上，并把带子的另一头递给他，让他向着下边最近的一幢楼顶跳。火星王子认出来，这是月亮公主靴子上的装饰带儿。他怀疑地看看她，目光分明在说这能行吗。

"快，没时间了！"月亮公主说着便抓住了手中的那根带子就要跳。可是跨过护栏身体前倾就要跳之即，她突然收住了，问火星王子胳膊行不行。火星王子说声没问题，便已抢先跳了下去。

几名"救世军"赶到时，刚好晚了一步，他们惊讶地瞪着那根已经被拉得细如发丝的带子，还有带子下面那三个人。也许此刻他们有人会想起四个字：千钧一发。

醒过神时，一个"救世军"掏出刀子就要去割那一丝生命之线，可是他的手被另一个拉住了："住手，你忘了命令咱们要活的吗，摔死他们咱们也活不了，快给我往上拉！"说着他先伸出手去抓住了那根细丝。但是此时那丝带已太细太细，真要勒进肉里骨里去，他们根本用不上力。有人就脱下衣服垫着，可是还没等他们往上拉，下边的人已经落到了相邻的那座楼顶，然后那根细丝猛然弹回，又成了一根漂亮的装饰靴带。

火星王子他们落到楼顶后，知道直升机很快就会追过来，他们一刻不停地进入了大楼。

很快，就有命令传来，说几个叛逃者已经逃入了相邻的另一座大楼内。

这一天，火星王子他们时刻都在逃亡之中。凭着勇猛和机智，他们总是在最危急的时刻突出重围，但他们却总又无法摆脱"救世军"的追击，仿佛追击者已化成了附着在他们身体上的一条蛇，已长成了他们的身体的一部分，让他们根本撕扯不掉，

这时候火星王子才真正理解了蓝小蔚向自己泄密后的绝望心情，同时也领教了"组织"的可怕。

晚上，三个人又躲进了一座大楼的地下室。虽然仍然处在危险之中，但总算能喘口气了，而更让火星王子欣慰的是蓝小蔚也醒过来了。

月亮公主把自己身上的通讯系统完全关闭了，火星王子已经用意志强制性遗忘中断了和"组织"的联系，现在极有可能蓝小蔚身上放有或植有定位芯片。待到月亮公主用自己的万能表一扫，果真证实了她的判断。

如果芯片一直存在蓝小蔚体内，他们将永远无法摆脱"组织"的追击，可是现在他们又根本没有时间也没机会去医院把蓝小蔚身体内的芯片取出来，尽管这样的小手术只需很短时间就可以完成。

"这样吧，你们走！"蓝小蔚开了口。

"那你呢?"

"我再想办法，你们放心，我会找机会取下芯片的!"

月亮公主不再说话，却去看火星王子。火星王子没有说话，月亮公

主就看他的胳膊，见他的胳膊已经全好了，很高兴，说以后自己要免费为这种新药做代言人，火星王子却说不是药有多好，还是自己身体素质好。说着话，月亮公主叫蓝小蔚好好休息，自己要和火星王子出去探查一下。

蓝小蔚欲言又止，只是叮嘱一句小心，然后深深地望了火星王子一眼。

蓝小蔚的那一眼没有逃过月亮公主的眼睛，她心里很不舒服，不由自主地白了蓝小蔚一眼。蓝小蔚只当没有看到。

火星王子跟着月亮公主走出一段就停住了脚步，问月亮公主是不是有话要说。

月亮公主说："没想到你还挺鬼，怎么知道我要跟你说话？"

火星王子哼了一声："你一直拿我当傻子吧？"

"看你说哪去了？生气了？"

"呵呵，生什么气，有话快说吧！"

月亮公主犹豫一下，问："你打算一直带着她？"

"谁？蓝小蔚？"

"装什么糊涂，除了她还有谁"

火星王子盯着她问："你说该怎么办？丢掉她让'组织'找到她杀掉她？"

月亮公主赶忙说："你别误会，我不是那个意思，我是觉得她跟咱们不一样，跟咱们在一起她不但不会安全，反倒会更添危险……"

"那你有什么好办法？"

月亮公主说："我想过了，咱们把她送到月亮上去怎么样！"

"送到月亮上去？"

"是啊，月亮现在是咱们地球人的花园别墅啊，不想办法一般人还去不了呢！到了那儿就再也不用这么东躲西藏的，那时她想做什么就可以做什么——怎么样？"月亮公主满眼期待地望着火星王子。

火星王子点点头，他也觉得月亮公主想出的是个好办法，他问："主意真是不错——到时是不是我们也可以在月亮上定居啊？"

月亮公主转转眼珠说："到时我们两个再商量，只要你愿意，我听你的！"说完她拉着火星王子就往回返，边走边嘱咐他先别把他们的计划告诉蓝小蔚，到时要给她个意外惊喜。

想不到，当火星王子和月亮公主回到那个地下室时，蓝小蔚却不见了。

火星王子立时心里一沉——是不是她已被抓走了。

"看，这有字！"月亮公主叫起来。

火星王子上前一看，果见墙上写着这样几个字：我走了，我不能总是拖累你们……你们放心，我会找到一个安全的地方，你们自己多保重，我会想你们的……

这些字是刚刚划在墙壁上的，很明显是蓝小蔚留下的。火星王子很着急，不由脱口责怪了月亮公主一句："肯定是你不小心让她看出来了！"

月亮公主不服："咳，我不是把你拉到一边才跟你说的吗？再说我也是一片好心啊，你怎么反倒怪起我来了？哦，照你这样，她要死了我得抵命，她要杀人我得偿命呗？"

火星王子也觉得自己刚才冲动了，不过当下就道歉又抹不下脸，何况现在迫在眉睫的是要找到蓝小蔚。

两人刚才离开的时间并不长，他们怀揣一丝侥幸，希望蓝小蔚没有走出地下室，更没有走出大楼。这个地下室有两个出口，火星王子和月亮公主刚刚从一个通道返回，蓝小蔚要出去，只能走另一个通道。可是直到追出通道来到大楼中，也没有见到蓝小蔚的影子。

按说蓝小蔚不会走得那么快，但蓝小蔚确实不见了，而且火星王子和月亮公主在大楼内外都发现了守候的"救世军"。现在也许只剩下了一种可能，那就是蓝小蔚已经被"救世军"抓住了。

火星王子和月亮公主相互看了一眼，彼此的心思都已明了——一定要救回蓝小蔚！

两个人分开来，从两侧悄悄向"救世军"靠近——他们不是想悄悄溜出去，而是想抓住一个问明情况。

两个守候在电梯门口的"救世军"刚刚发现不对头，便已被火星王子和月亮公主勒住脖子捂住嘴拖到了一个房间。

"快说，蓝小蔚被你们抓到哪里去了？"

两个"救世军"都不肯开口，月亮公主拔出手枪指着他们的脑袋逼问。可不管怎么威胁恐吓，两个"救世军"就是不开口。火星王子耐不住性子，他瞪着眼凶狠地说："快说她在哪，不然我就……"他的话没说完，月亮公主突然叫起来，火星王子也已发现了两个"救世军"的眼睛发出了红光。

"快闪开！"月亮公主反应快，她本能地拉住火星王子向后闪去。

两个人刚刚闪开，那两个"救世军"身上已经冒起了轻烟，随即便燃起蓝色的火光，很快这两个人便倒地成为两个残骸了。

原来这是两个比较低级的智能人！

火星王子和月亮公主很是意外，同时也更加焦急——拖延的时间越长，蓝小蔚的危险就会越大。

跑出那个房间，火星王子和月亮公主就待住了——房间外站满了"救世军"，而且他们手中都握着枪。

火星王子和月亮公主被"救世军"押着走出了那座大楼，走向了停在外面的汽车。

月亮公主几次想拔枪，却都没找到机会，因为她和火星王子的四周布满了枪口。

形势根本看到一丝逆转的希望。

"上车吧！"一个"救世军"声音僵硬直板地说着，并打开了车门。

火星公主和月亮公主互相看了一眼，无可奈何地猫腰就要钻进车里。

"等等，把她的武器缴了！"一个头目命令。

一个"救世军"端着枪上来弯腰去拔月亮公主的枪，于是机会来了。

谁也没看到事情是怎么发生的，当然更不会有人预料到。当那个"救世军"站起来时，他并没有拿到月亮公主的枪，而他自己的枪却向同伴打响了，因为他的枪已到了月亮公主手里。

随着枪响，几个"救世军"首当其冲地中弹倒下，同时"救世军"的枪也响了。不过他的子弹却打在了同伴身上。那个去缴枪的"救世军"成了月亮公主的盾牌，顷刻之间身上已经开满了弹洞。

他身上没有冒烟，而是淌出了血，这一点有些出乎月亮公主的意料。

就在月亮公主行动的同时，火星王子也比闪电还快地滚到了"救世军"脚下，并且很快就让几个"救世军"代替自己躺在了地上。

当火星王子站起来时，他的手中已缴获了两支枪。

但是力量还是相差太过悬殊。火星王子和月亮公主不敢恋战，他们边打边撤。

两人跑进了一条小胡同。两人都具有跟长跑冠军赛跑的实力，"救世军"暂时被他们甩在了后边。他们一鼓作气，以为很快就可以摆脱追击者。

但是很快他们就懊悔了，因为他们跑进的是一条死胡同，前边和两边都是高楼，一时之间根本跑不出去。两个人只好别无选择地又往回跑，并和追在最前边的几个"救世军"遭遇了，他们都倒在了月亮公主的枪下。

然后两人夺路逃向另一条巷子。后边是甩不掉的"救世军"，而前边等待他们的又会是什么呢？

小巷拐弯了，月亮公主连开了几枪，拉着火星王子冲了进去。

还好，前边巷子的尽头就是热闹而宽敞的马路了。不料就在他们刚跑到巷子口时，一辆轿车恰好堵在了巷子口。

"快上车！"司机招手大叫。

两人一见又惊又喜，他们赶忙上了车。

"蓝小蔚，是你吗？"火星王子忍不住问。

"你看呢？"司机说着回头冲他一笑，真的是蓝小蔚。

此刻，蓝小蔚非常的妩媚。

月亮公主忍不住拍拍她的肩说："真有你的，你跑哪儿去了？"

蓝小蔚吱吾说："有时间细说，现在咱们去哪儿？"

火星王子看看月亮公主。月亮公主刚想说跑到哪里"救世军"就会跟到哪里，可话到嘴边又让她硬生生咽了回去。

"继续开，向医院方向开！"月亮公主说着摘下了车里的电话，很快拨通了最著名的一家医院，询问从体内取出异物最快需要多长时间。医院方面说要根据异物的位置、大小等具体情况才好确定，加上准备工作，一般需要五至十五分钟。

月亮公主看看火星王子，火星王子摇摇头，即使是最短的五分钟也会很快把"救世军"吸引来。不过刚要说不行的火星王子却突然灵机一动说："等等——叫救护车！"

"救护车？"

"对，救护车，要他们带上手术器材，就说病人十分危急，需要在车内做手术！"

"好主意！"月亮公主兴奋地叫了一声，马上又打通了医院的电话。

不到十分钟，救护车就到达了他们指定的位置，火星王子和月亮公主亲自把假装昏迷的蓝小蔚抬上了车。

"不用检查，马上做手术，在保证安全的前提下，时间越短越好！"

"那怎么行！"医生对火星王子的命令很恼火。

"照他说的做，我们是警察！"月亮公主以完全不容置疑的口气说完这句话，又向医生亮亮自己的证件——她那支大口径手枪。

救护车在闹市区行驶着，没人知道一场小手术正在紧张地进行着。

十五分钟后，手术做完了。很小的创口被涂上了一种药膜，医生说十二小时伤口就可以和好如初，不会留下疤痕的。

瞧个机会，月亮公主先下车，把从蓝小蔚体内取出的芯片偷偷塞进了一辆警车中。过了一会儿，火星王子和蓝小蔚才下了救护车，汇合月亮公主后钻进了一辆出租车。

在车上，蓝小蔚向火星王子和月亮公主讲述了自己不告而别的经过。

从月亮公主口中得知自己体内植有随时可以被"组织"追踪到的芯片，暂时又不容许手术摘除后，蓝小蔚就暗中做出了一个决定——离开火星王子他们，不再做他们的包袱拖累。在地下室中，趁月亮公主拉着火星王子跑去通道商量之机，蓝小蔚在墙上留下了那些字，做出了自己已经离开的假象，然后藏了起来，因为她知道自己一个人出去很快会被"救世军"抓住，这是她万分不情愿的。"上当"的火星王子和月亮公主出去找她时，她就悄悄跟在后边。因为蓝小蔚十分小心，又保持较远的距离，最主要的还是火星王子和月亮公主心急火燎地出去寻找她，根本没有留心身后，所以竟然没有发现她这个"尾巴"。不过他们的谈话都让蓝小蔚听到了，她没想到他们会那么着急，在她的记忆里从来没有人这么在乎过自己，那一刻她又感动又惭愧，但她还是强忍住没有叫住他们俩……火星王子和月亮公主与"救世军"交手搏斗时，她只能躲在一边听动静，因为她知道她要上前肯定只会添乱。当"救世军"全被火星王子他们俩吸引开时，蓝小蔚借机溜出，然后搞到一辆车伺机接迎他们……

月亮公主换了几辆车，在街上转了几圈，然后带着火星王子和蓝小蔚溜进了一幢公寓，非法闯入了一个暂时无人的人家。蓝小蔚术后需要休息，而火星王子和月亮也要好好休息一下。

半夜里，火星王子醒过来，发现蓝小蔚还在熟睡中，可是找遍了各个房间，却没有月亮公主的人影。火星王子知道她肯定出去了，不禁为她担心起来，想出去寻找又放心不下蓝小蔚。

焦急的等待依然把时间抻的老长老长。

天快亮时，蓝小蔚也醒了过来。见火星王子焦虑不安的样子，她轻轻安慰几句，心里却很惭愧，总觉得还是自己连累了他们两个。见她那样子，火星王子似乎猜到了她的心思，又反过来安慰她。

又等了几个小时，月亮公主终于风风火火地回来了。她带回了一些营养品。她叫他们赶快吃，吃了赶紧跟她走。一小时后，月亮公主开着那辆刚刚偷来的车，来到了一家比较偏僻的破败建筑前。

火星王子和蓝小蔚跟着月亮公主走进了那座阴暗的房子。

房间破旧但有很多。在一个很大很凌乱的房间内，月亮公主把一个黑脸大胡子介绍给火星王子说："这是我的朋友老白，他会帮我们塑造一个前所未有的自己！"说着她掏出三张照片递给老白。

从老白那所破败的房子出来时，火星王子他们已经变成了另外三个人的样子——包括衣服和面目。

"为什么要这样？就为躲避追杀？这样我可受不了，还不如杀了我好呢！"坐进车里火星王子很是抱怨。

月亮公主说："乖乖，忍耐一下，不用很长时间我们就可以找回我们自己的！"

"现在我们去哪里？"

"去月球！"说着月亮公主掏出两本护照样的东西递给两人说，"现在你们就是这两个人！"

火星王子和蓝小蔚接过一看，却是两本去月球旅行的通行证，两个名字分别叫安达来和丁珊娜，上边的照片和现在的火星王子、蓝小蔚一模一样。

"咳，月亮，你叫什么？"蓝小蔚好奇地问了句。

第五章
月亮花园

月亮公主现在的名字叫风姿绰约。

现在冒名顶替风姿绰约、安达来、丁珊娜和火星王子他们几个人来到了太空旅行站，准备乘每周一班的飞船去往月球。

去月球旅行本来有一套严格的检查手续，但是对于一些老乘客就执行得不那么严格了。而安达来、风姿绰约和丁珊娜恰好都是老乘客，登船应该很顺利，而且月亮公主肯定在飞船登月之前，真正的安达来三人是不会从深度睡眠中清醒过来的。

但是事情进展得并不顺利，而且是很不顺利，当他们通过安检要去候船时，却被告知丁珊娜的通行证已经过期了。

这太意外了，三个人一时间都不知怎么办好了。

"这样，你们、你们先去，我等等，想办法再去找你们……"沉默一阵，蓝小蔚终于开了口，尽管说得很艰难，她还是说了出来。

"不行，要走一起走！"火星王子毫不犹豫地说。

"对，别急，我再想办法！"月亮公主说着刚要去找安检通融，可一扭脸发现有警察保安正在检查通行证，她赶忙向两个同伴递个眼色，几个人若无其事地假装去洗手间。

一离开别人的视线，月亮公主就拉住两个人说："我怀疑真安达来他们醒过来了！"

火星王子皱眉说："不会吧，你不是说在我们到达月球前他们保证不会醒过来吗?"

月亮公主说:"那,那是当然……不过要是他们被别人弄醒了呢?对,肯定是这样……小蔚,反正你的通行证没用了,留着这张脸也没用了,你换回本来面目去侦察一下,苦摸清情况再说!"

蓝小蔚恢复自己的面目后又走了过去,时间不长就有些慌张地回来了,说警察真是来搜查冒充安达来他们的人呢,而且有两个警察已奔这边来了。

月亮公主二话不说,拉上两人就进了电梯,然后也不管几层,电梯一停马上跑出,钻进了一个房间。房间里那位白胖的中年女士一见闯进来三个人,立刻一惊,不禁站了起来。

月亮公主他们想要退出去,可外边已传来了脚步声。

"快,快进去!"白胖女士赶忙开门示意三个人藏进内室。形势不容选择,三个人赶忙藏了进去。

白胖女士关上门刚刚坐下,门就被敲响了。

所幸警察并没有检查,而只是询问有没有看到可疑人员来过,看没看到陌生人过去。白胖女士很镇定地应付过去,见警察走远了,这才关好门走进内室问:"不是说只一个人么,怎么成了三个人?"

月亮公主他们三个面面相觑,不知所以。

"好了,这次就这样,下不为例——不过要加钱的!"白胖女士不高兴地摆摆手,然后叫他们等在屋里千万不要跑出去,也不要给人开门,她马上出去安排。

白胖女士出去后,三个人还是闹不清怎么回事,不过现在外面有人检查,在这里躲避一时倒不失为一个好办法。火星王子和月亮公主一致决定马上去掉假脸——既然不起作用,还留它难受做什么,何况警察正在查找这样相貌的几个人呢。好在等的时间并不长,准确说只有十几分钟,白胖女士就回来了,她的手中还拿着一个包。她虽然很惊讶三个人中两个这么快改了模样,可也顾不上追究,只是忙着从包里掏出了三套工作人员制服催促说："快、快换上！"

三个人不管三七二十一赶忙换上衣服，白胖女人叮嘱他们千万不要说话，只看她的眼色行事，然后就带着他们通过员工通道进入了飞船起飞场。

现在月亮公主他们有些明白了——白胖女士似乎要把他们偷偷送上飞船。

果然，白胖女士真的将几个人带上了飞船，但不是客舱，而是飞船下部一个很小很小的房间内。房间门很短也很窄，三个人猫着腰才能挤进去。

"人太多，肯定不舒服，没别的办法，忍一忍吧！千万不要动，到月球后会有人带你们离开的。"白胖女士叮嘱一番，关上了那个小小房间的小门。

可是那扇刚刚关上的小门很快又被打开了，白胖女士再一次告诫他们，"我不过是为了多挣几个钱，你们也是为了节省几个钱，记住千万别惹麻烦！"

月亮公主他们终于明白，白胖女士原来是收了别人的钱，把他们当成了逃票者，那个通行证过期的丁珊娜很有可能就是那个逃票乘客，月亮公主他们误打误撞捡了个大便宜。

飞船有人造重力和空气，温度湿度也适宜，所以乘坐起来应该和地球没大区别，只是这个小小空间几乎不能称之为房间。它实在是太小了，宽度不过七八十厘米，而长度也不过一百四五十厘米，三个人开始都站着，后来发现可以有一个人坐下去，于是就开始轮班换岗，一个人坐时，两个人站着。几轮过后，月亮公主憋不住了，蓝小蔚就说："咱们唱歌吧，蹲着的做听众，站着的唱！"火星王子和月亮公主却觉得这是个办法，否则这段时光实在难换。于是三个人便小声唱了起来。

火星王子在中间，月亮公主很不喜欢他和蓝小蔚贴着身子站在一起的感觉，所以她总是坐一小会儿就起来，而且她站着的时候会和火星王子贴的很近，还常靠在他的肩头直喊困。当着蓝小蔚的面，火星王子虽然有些不好意思，可在这种环境下，他既不能推又不能躲，也只好由她去了。

后来月亮公主可能真的困了，歌也不唱了，伏在火星王子肩头不动了。火星王子怕弄醒她，尽管腿都站酸了，可还是坚持着不蹲也不坐。蓝小蔚坐累了，可站起来看着近前这两人的样子，她赶忙又坐下去，一种莫名的怅然和多余的感觉再次袭上心头。

到达月亮的时间应该是下午三点，可是好容易挨到三点，却感觉飞船仍在飞行，还剧烈颠簸了几下，而且也没有人过来招呼他们。

也许是飞船误点了，可是耐着性子等啊等，到了三点半，他们仍被关在这个小房间里不闻不问，他们感觉好像被全世界抛弃了。

"怎么回事，是不是把咱们给忘了？"蓝小蔚问。

"我出去看看！"站在门口的月亮公主说着就要开门。

"再等一等！"火星王子拉住了她。

现在的分分秒秒都是那么难熬！到了四点钟，月亮公主再也沉不住气了，她再次去开门。可是出乎意料的是，那扇小门根本拉不动打不开。

看来门是从外边锁上了！

没办法，只有继续等，但三个人心里却很不踏实。难熬的时间又熬过了两个小时，仍然没人来给他们开门，而且飞船仍像是在飞行中。

"不是出了什么事，就是他们把我们遗忘了！"月亮公主判断。

火星王子没有说话，蓝小蔚则一下子慌了，忙问怎么办，刚才本来还可以再坚持，但一听被忘在了这里，她马上就觉得一分钟也坚持不下去了。

"没办法，只好强行出去了——反正我们也是不合法乘客，强行出去很符合我们的身份！"月亮公主说着从靴子里掏出了一支像笔一样的东西。不过这不是一支普通的笔，而是一支超级激光笔。

月亮公主用激光笔小心地割着门，因为稍有差池就可能导致船毁人亡。超级激光笔能量巨大，只轻轻画了个圈儿，那扇门便分离开来，并很快掉了下去。

　　三个人钻出那个房间，先狠狠地伸几个懒腰舒几口气，这才悄悄向上摸去。

　　月亮公主示意大家不要弄出动静，然后自己在前，一步一步悄无声息地爬上了那个笔直的梯子，轻轻地、轻轻地拉开了和上部客舱地板面齐平的封盖，一点一点向外看去，一看之下月亮公主立时倒吸了一口冷气。

　　月亮公主很快缩回了头，无声地拉合封盖退下来，然后悄声说了句："劫持飞船！"

　　"什么？劫持飞船？我们？"火星王子吃惊地脱口问道。

　　月亮公主赶忙捂住他的嘴嘘了一声，然后又说："我们的飞船被劫持了！"

　　宇宙海盗是近年新出现的，天外一狼就是一个海盗头子。五年来，他劫持过六次飞船，但五次未遂，第六次不但未遂还被关进了监狱。他从监狱逃出后，网罗旧部，第七次行动仍然没有成功，反倒差点和飞船一起消失在苍茫宇宙之中。在第八次行动中，天外一狼终于劫获了一艘小型飞船。这使他的队伍发展成七个人了。

　　七个人并不多，但每个人都凶恶得赛过野狼。天外一狼称自己和自己的弟兄为"七万军团"。

　　今天，天外一狼率领他的"七万军团"，开始了第九次行动。这次他们利用那艘截获不久的小型补给船拦截了这艘中型客船。这艘船虽然不是很大，但船上这近百名乘客和机组人员都是无价之宝。天外一狼要用这些人质和地球有关机构做笔交易。

　　事情进展的很顺利，除了一个兄弟留守他们的补给船外，六个兄弟上来很快控制了飞船，现在飞船已按他的意志偏离航道驶向"希望之星"。"希望之星"是被地球俘获的小行星中较好的一颗，天外一狼计划以人质为要挟，迫使地球当权者们把这颗小行星让给他，作为他的基地，同时他还要得到最少一艘航天母舰。有了装备精良作战能力超强的航天母舰，他天外一狼就会成为一只真正的天外一狼，很多海盗都会投奔他这头狼而来，将来也许有一天他可以打回老家控制整个地球……

天外一狼越想越美，突然后舱传来了一声惨叫。

不好，可能有意外发生了。天外一狼喝令狼三赶快去查看，可是没等那狼三过去，后船的狼五已神色紧张地跑进来报告，说老二出事了。

天外一狼赶过去一看，不禁大吃一惊——不但狼二倒在后舱尽头处，连狼四也倒在了他的身边。

"二哥，四哥！"狼五痛叫一声扑到两狼身上连摇带叫，可叫着叫着他也一头栽倒下去，抽搐几下便不动了。

见鬼了！这一下不但天外一狼大惊失色，连乘客们也都迷惑不解。

天外一狼下意识地要过去查看，可就要跑到那几个死狼身边时，他又硬生生停住了脚，然后端枪喝问："怎么回事？怎么回事？"

乘客们噤若寒蝉，谁也不敢开口。

"告诉我怎么回事？"天外一狼狂暴地从座位中揪出一个乘客喝问。

"不，不知道，我不、不、不知道啊……"

"到底说不说？"天外一狼的枪抵在了那位乘客的脑袋上。

"我，我真的不知道，真的不知道……"

"啪！"随着枪响，那位乘客被丢在了过道上，血浆从他头部咕咕冒出。

"你说！"天外一狼又揪起了一个女乘客。

"我，我，我不，不……"女乘客话没说完，枪声又响了，然后满脸是血的女乘客被丢回了座位。

第三位倒霉的乘客是个小女孩。当枪指向她时，她不说话，只是用一对充满恐怖的大眼睛盯着天外一狼那张狰狞的脸。

听到动静天外一狼要回头，可是还没容他回头，有人已先开了口："不用找了，你姑奶奶在这儿！"

天外一狼下意识地转身，却见一张美丽的面孔从已被推开的三只狼尸身后冒了出来。

天外一狼自然很惊诧，但惊诧没有耽误职业宇宙海盗的敏捷，惊诧的同时他已甩枪打去。

枪声响了，天外一狼晃了晃，随即重重地扑倒下去。

美丽女孩的枪也许只比天外一狼的枪快了零点一秒，但这就决定了她的生和天外一狼的死。

这个女孩当然就是月亮公主。

守在前舱的狼三跑过来时，迎接他的自然还是月亮公主的枪口，当然还有枪口里射出的一颗子弹。

现在月亮公主和火星王子及蓝小蔚已全部上到了后舱。火星王子和蓝小蔚手中也都有了武器，那是几只死狼的枪。

月亮公主刚要迈进前舱，火星王子却把她推到身后，自己则上前向仅剩下的狼六喊话："你已经被包围了，放下武器投降吧！"

没有回答。火星王子端着枪，慢慢探出身去。前边过道上，狼六正用枪指着这边。

狼六自然也看到了火星王子，他要开枪，但是火星王子的枪还是比他的枪先响了。

在飞船里开枪是非常危险的，所幸火星王子的枪法不逊于月亮公主，那一枪不偏不倚正中狼六眉心！

乘客们静静的，大家一时还不敢相信危机已经过去。直到船长走过去和火星王子拥抱在一起，飞船里才响起了欢呼声。

但是很快一声嚎叫又像一把利箭，一下子射中了刚刚复苏的欢欣。飞船里立时又变得悄无声息。

与火星王子拥抱的船长也僵住不动了。火星王子回身，却见后舱门口站着一个人。他身上脸上都淌着血，衣服也被扯开了，露出了里边的一件特制防弹背心，而他的手中则握有一个打火机一样的遥控器。

这个人不是别人，就是刚才已被月亮公主打死的天外一狼。

"我说过，我会爆炸，可你们不信，现在咱们就同归于尽吧！"死去活来的天外一狼说着就要按下遥控器。

"等一等！"离他最近的月亮公主赶忙喊了一声。她很后怕，刚才那一枪幸亏没有打他的身上。她也很惊讶，头上中了致命一弹竟然还能爬起来，这家伙的生命力还真顽强，像这样被她射中后站起来的还没有第二个。

天外一狼直盯着月亮公主："小妞，随大爷下地狱吧！"

"等一等，我还有话说！"月亮公主再次厉喝一声。

天外一狼一愣："死到临头你还说什么？"

月亮公主卡壳了，她只是想拖延时间，她实在想不出跟天外一狼有什么共同语言。不过没话找话也要说，稍一迟疑，真的就只有到地狱去寻找话题了。

"我只想，只想问你一个问题，就一个，现在你掌握着一切，你，你怕什么？"月亮公主的声音竟然有些打战。

天外一狼虽然有些快支撑不住了，但月亮公主的话让这个狂妄自负的家伙犯下了最后一个致命错误。他哈哈狂笑起来，然后说："你还算明白，不但这艘船，就连地球和整个宇宙都在我的控制之中———切的一切都攥在老子的手心里！"说着他还挥一挥手中的遥控器。

大家的心都悬在了半空中。

"我，我，我非常崇拜你。你是古往今来空前绝后的大英雄救世主，我只是想问你——问你妈妈……"

"你说……什么……"此时天外一狼的眼前正驶来一艘庞大无比金碧辉煌的超级飞船，飞船冲破黑茫茫宇宙，不断向四面八方发射着激光炮，一些小型飞船和一些小行星在超级飞船的攻击下灰飞烟灭，而驾驶这班飞船的不是别人，正是他天外一狼。沉浸在虚幻成功亢奋中的天外一狼没有听清月亮公主的话。

"我是问你妈妈是一个什么样的人，她一定是一个超级伟大超级可爱超级智慧超级……月亮公主在搜肠刮肚整词儿，现在她明白文斗比武斗艰难多了。

"妈妈？妈妈，妈……"天外一狼的思维一片混乱。他极力要想起妈妈这个词的含义，但是他想不清，因为一切的一切都从他眼前消失了，留给他的只有无边的黑暗和无底的沉寂。

在天外一狼倒下去的那一刻，火星王子动如脱兔般冲上去，死死抓紧了他的一只手臂。

那只手臂里攥着那个微型遥控器。

沉寂之中，爆炸声终于没有响起。月亮公主虚脱一般一下子倒在了蓝小蔚的怀里。

飞船转向，再一次向着月亮飞去。

飞船在月亮上降落时，火星王子他们三个在一名工作人员的带领下，依然由员工通道悄悄溜走了，这是他们和船长达成的默契。

一出太空旅行站，三个人便被眼前的景色强烈地吸引住了。

怪不得月球被称为月亮花园，怪不得那么多有钱人都争相来月亮花园旅游、定居。这里的景色是月亮公主他们想象不到的，置身其中，远比影像资料中更鲜艳更迷人。这里没有高楼大厦，没有钢筋水泥，没有车马喧嚣。这里到处是鸟语花香，到处都是和谐自然的美景。各种动物和人一样在花间草丛悠闲散步，人类把荒凉的月球改造成了一个世间仙境。

三个人都被这仙境童话般的景色迷住了，一路的疲劳也一下子消失得无影无踪。呼吸着无比清新的空气，徜徉在沁心人心脾的花香中，火星王子他们忘记了人世间一切的丑恶，忘记了天空中曾有过的所有阴霾，他们眼里心里只剩下了这至纯至美。

"来，咱们在这玩会儿吧！"月亮公主说着爬上了一个吊床。

三个人躺在吊床上，床下是清亮亮的流水，流水中有各种小鱼嬉戏，身边的花儿在对他们抒芳绽笑。阳光从头顶的葡萄藤叶间筛落下来，像一粒粒饱满的粮食，把他们每一寸皮肤都营养得精精神神，舒舒服服。

三个人躺着，很快就睡着了。

这是有史以来他们睡过的最美的一觉了。火星王子睁开眼时，发现身旁的月亮公主正在呆呆地看着他，那眼光清清的、亮亮的——跟身下的流水一样清，跟头上的阳光一样亮。

这一刻火星王子突然发现月亮公主原来是这样美，一时间他也看呆了。

没想到月亮公主竟然脸一红，害羞地闭上了眼睛。

火星王子也红了脸，一扭脸，却发现蓝小蔚正坐在溪水边，两只白净小巧的脚丫在溪水中轻轻搅动，像两条美丽的鱼儿在嬉戏着。

"哎哎，看什么看？"月亮公主又恢复了往日风采。

火星王子又是脸一红，心里是从未有过的美。

美好的时光总是过得飞快，不知不觉他们已在月亮花园开心地玩了十几个小时。在月亮的这一面上，白天和黑夜都比地球要长很多，现在正值白天，只要不嫌累，他们想玩多久就玩多久。

"我们就留在这里吧！"月亮公主本来想把蓝小蔚留下就离开，可现在她自己也不想走了。

火星王子自然也不想离开这个地方，他一直希望的就是找到这样的地方。不过那有一个前提，就是先要找到一个叫蓝小蔚的女孩。

当然不是现在这个蓝小蔚。但是两个蓝小蔚是那样相似，他总觉得两个蓝小蔚之间有着某种极为密切的联系。

火星王子暗中做出了一个决定——他要离开月亮花园，回到地球继续寻找他要找的人。但他不会再让这两个女孩随自己回去冒险。他决定悄悄地走，但走之前他要再和蓝小蔚说一说。

他没有当着月亮公主的面来找蓝小蔚。他并没有想为什么要这样做，也许只是怕月亮公主不高兴吧。机会终于来了，月亮公主被两只美丽的大蝴蝶引开了。火星王子抓住时机，凑过去问蓝小蔚想不想把过去的事给他说一些。

蓝小蔚温顺地点点头，问他都想知道哪些事。火星王子想想，就让她说说小时候的事。蓝小蔚想了半天却是一脸茫然，她说根本不记得小时候，一点都不记得。火星王子就叫她想起什么说什么，蓝小蔚却只记得自己是"组织"的人，一直在为"组织"做事，至于加入"组织"之前的事，任她怎么想也想不起一件来。

"对不起，我……"蓝小蔚觉得自己很笨很没用。她很难过。

"没事，没事的，我只是随便问问……"望着蓝小蔚，火星王子忽然又呆住了——蓝小蔚现在这副神态，又一次像极了他梦里梦外到处寻找的那个蓝小蔚。

"小蔚……"他情不自禁地扶住了她的双肩。

"我抓住了！"身后响起月亮公主大惊小怪的叫声。

火星王子赶忙放开手，回过头，月亮公主瞪着一双大眼睛嗔怒地望着他，他呆呆傻傻地问了句"抓，抓住什么了？"

"抓住蝴蝶了，可又让你吓跑了。你赔我，你赔我！"月亮公主毫不讲理地说着，扑上去挥起粉拳对着火星王子捶打起来。忽然，月亮公主一转身消失不见了。吓得火星王子喊起来："月亮……月亮……你在哪里？"火星王子焦急的喊声不断传来。

月亮公主躺在一面小巧玲珑和荷花池中一片大大的荷叶上，双眼紧闭，一动不动。

火星王子叫着找过来，终于看到了月亮公主。见月亮公主仍然不应不动，火星王子大急，他毫不犹豫地扑通一声跳进水里，很快来到了荷叶旁。他看到月亮公主脸上挂着两滴晶莹的露珠。

他知道现在不可能有露珠，那是两颗泪珠。

"月亮，月亮……"他不断轻声呼唤着，仍不见反应。他禁不住大叫起来，"月亮，月亮，你怎么了？你快醒醒，快醒醒啊……"叫着，他已把月亮公主抱了起来。

哇的一声，月亮公主终于委屈地哭了出来。

火星王子抱着她，不知怎么自己竟也流下了泪。

"我好难过。我也不想难过，可不知为什么还是难过……"

见月亮公主没什么事，火星王子松了一口气，可是听她这绕口令似的几句话，他又不知该怎么安慰她了。

"告诉我，如果有一天我死了，你会伤心吗？你会为我流泪吗？你会忘了我吗……"

月亮公主的话没说完，便被火星王子掩住了口。

"以后不许再说这样的话，好么？"半晌，火星王子轻柔地请求。

月亮公主搂着火星王子的脖子，头伏在他的怀里，轻轻地、轻轻地说："我在听你的心跳、听你的心跳……"

一个小时过去了，两个人相依相偎坐在荷花池边，静静地享受那份美丽而简单的幸福。

终于，眼前一朵莲花让火星王子又想起了另一个女孩。他轻轻说："我想求你一件事，希望你能答应我……"

"你说。"

"如果……我是说万一有一天我有了意外，你别丢下蓝小蔚……"

月亮公主的眼睛又瞪大了。

"你别误会，其实她很可怜，一个人孤单无依，从前什么事都想不起来了……"

月亮公主幽幽地说："其实，我也想不起从前的事，我只记得自己是个杀手……"

火星王子没有再说话。他更是连自己是谁都想不起来了。他何尝不是一个可怜又可悲的人呢？也许因为他是不愿意想起而遗忘的，但没有过去他真的就像一叶浮萍，不知道自己来自何方、要去往哪里……

按着地球上的时间，火星王子又随两个女孩玩了三天，然后趁着她们睡觉时，悄悄溜到了太空旅行站。他想等到上次那艘船，让他们再把自己带回地球去。

终于等到了一艘经由"希望之星"中转过来的飞船。只是这艘船不是上次那一艘，火星王子想见船长通融一下，但上次的通行证已不能用，按规程没有通行证根本上不了飞船，更见不到船长。不过火星王子有了经验，经过观察，他决定在飞船起飞前，化妆成船员经员工通道登上那艘船，然后再见机行事寻找藏身之地。

飞船起飞的时间越来越近了，火星王子松了口气，刚才他一直在担心，现在看来总算没有被月亮公主发现。他知道月亮公主如果知道他离开，一定也要跟着回去，所以走时他只告诉了蓝小蔚，并让她七十二小时后再告诉月亮公主实情。虽说月亮公主已经按火星王子的计划被甩掉了，可是不知为什么，刚才还担心月亮公主追来的火星王子，此时却不时向后张望着，双眼中竟然充满希望和期待……

飞船起飞时间就要到了，火星王子不得不准备登船了。可是他的心里却突然一下子变得从未有过的空落——还没离开美丽的月亮花园，他感觉自己的世界就已经黯淡无光了！

应该走了，火星王子还是最后一次回回头——他却愣住了。

身后站着那个一身火红的女孩。

那一瞬，火星王子的两眼像被那火一样的女孩点燃了！他双眼闪烁着灼人的光彩，张开两臂和满怀的依恋渴望迎了上去。

月亮公主也和他一样迫切地迎了上来。

两个人紧紧抱在一起，两颗心紧紧跳在一起！

然后，火星王子突然又推开了月亮公主："你来干什么？"

"当然是跟你回地球——想甩开我，没门儿！"月亮公主撅着嘴瞪着眼，一副讨伐的样子。

"可是……"

"放心，蓝小蔚我已经安排好了……不过，咱们好不容易躲到这里来，这里又是个难得的好地方，我就不明白你为什么一定还要回到地球——你忘了到处都有人在追捕你？"

火星王子说："我还没有找到蓝小蔚。我得给自己一个交代，这只是我一个人的事。我不希望你再跟我去冒险，在这里等我好吗……"

月亮公主打断他的话："你还是要找蓝小蔚？你呀怎么这么傻……怪我，都怪我，你听着，现在我要严肃郑重地向你公开一个秘密……"

"什么秘密……"火星王子一愣，可他刚问出半句，却猛然被月亮公主按到椅子后蹲了下去，同时月亮公主向他嘘了一下。

火星王子以为是蓝小蔚追来了，可是过了片刻，月亮公主悄悄告诉他："刚才我发现了'救世军'，他们追来了……"

"啊……你不会看错吧？"

"不会的，肯定是他们，我不会看错的——咱们得赶紧去找小蔚，否则她会有危险！"

两个人很快找到给蓝小蔚安排好的栖身地，可是却怎么也没有找到蓝小蔚。

难道她已被"救世军"抓住，难道她已经遇到不测……不会的，"救世军"不会这么快……

为了抢在"救世军"之前找到蓝小蔚，两个人决定分头寻找。

月亮公主找了一阵，仍然没有蓝小蔚的踪影，因为怕被"救世军"探测到，她们没有使用通讯工具，所以现在即使蓝小蔚没有和"救世军"遭遇，那在这偌大的月亮花园要找到她也绝非易事。

突然月亮公主想到了什么，她急忙转身朝太空旅行站跑去——她猜测蓝小蔚很有可能去旅行站偷偷送火星王子去了，那样她可就太危险了，"救世军"的鼻子比狗还要灵。

结果不幸被月亮公主猜中了，她刚跑到旅行站附近，就看到几个可疑人押着一个人进了树林。虽然没有看得很清楚，但月亮公主认定那个人就是蓝小蔚。她悄悄跟了过去。

　　跟到树林里一看，那个被挟持的人果然是蓝小蔚，几个"救世军"正在拿着枪向蓝小蔚逼问火星王子和月亮公主的下落。蓝小蔚紧闭双唇，一言不发。

　　月亮公主救人心切，悄悄向前靠近，再靠近，就像一头在慢慢接近猎物的狮子。就在她准备猛扑过去，出其不意救回蓝小蔚时，头顶树上突然有一张大网铺天盖地向她笼罩而下……

第六章
神秘时空

月亮公主猝不及防，那张大网则是早有预谋张网以待，所以没能逃脱。也许这时她才明白，"救世军"早已发现了她，所以他们才会利用刚刚抓获的蓝小蔚做诱饵引她上当。可惜她明白得太晚了。

那只透明大网不可抗拒地把月亮公主罩在了里面，并迅速收紧。这一刻，"救世军"们又兴奋又得意——难缠的月亮公主终于落网了，他们终于可以向"组织"交差了。

但他们高兴得太早了。没等他们笑出来，月亮公主已经置身网外，而那张非同一般的智能网已经被她的激光刀割破了。

月亮公主没等"救世军"们把惊愕的表情全部表现出来，便已持枪向他们冲了过去。

"站住，否则立刻打死她！"

月亮公主硬生生收住了脚，因为"救世军"们把蓝小蔚推到了前边，几支枪全部指着蓝小蔚的头。

"放下枪，快，否则她马上会死！"一看这招管用，"救世军"们立刻变本加厉。

"快跑，不要管我，快……"蓝小蔚刚喊出一句，嘴便封住了。

月亮公主犹豫着。

月亮公主第一次在对手面前不知所措了。

"快，放下枪，不然我们真的开枪了！"

月亮公主知道放下枪的后果。月亮公主从没有放下过枪，即使面对十倍百倍的对手，也从没有屈服过。

现在，月亮公主稍作犹豫，便比较顺从地放下了枪，因为她别无选择。

"举着手走过来，快！""救世军"头目喝喊着。

蓝小蔚用眼睛疾呼叫月亮公主赶快跑！

月亮公主没有听蓝小蔚的话，却对"救世军"很服从也很不习惯地举起了手，无奈地走过去。

身前身后，有七八支枪的枪口紧紧盯住她的要害部位。

现在连一向自信的月亮公主也看不到希望了，除非有奇迹发生。但奇迹通常都是由自己创造的。

身后的"救世军"已经压上来，而前边也已经有两个"救世军"迎了上来。

蓝小蔚挣扎着，眼里满是绝望。

月亮公主在寻找最后的机会，可是她找不到，有两个"救世军"始终紧紧抓着蓝小蔚，两支枪口始终抵在蓝小蔚的头上。

"救世军"终于抓住了月亮公主。月亮公主第一次落到了对手的手中。

一副特别的电子手铐铐在了月亮公主的双手上，同时她的嘴也被封住了。

"队长，是不是马上返回？"一个"救世军"问。

"不，我估计火星王子那小子很快就到，今天我要把他们一网打尽——现在这两个小美人儿在咱们手里，还不是想让他怎么着他就得怎么着！"

说着，他们押着月亮公主和蓝小蔚向树林外走去。

胜利往往会冲昏胜利者的头脑，使人得意忘形，"救世军"也不例外。三个背叛者现在已经抓到两个，抓住另一个也只是时间问题了，他们自然很得意，他们当然要得意，得意之际也就是放松警惕大意之时。现在月亮公主已不是他们的对手，而是他们的俘虏，即便她原来是只猛虎，现在也已关进了笼子。他们忽略了还有一个对手此时还在他们的笼子之外。

于是他们给对手制造了机会。

几乎是毫无预兆地，押解蓝小蔚和月亮公主的两名"救世军"便被一双脚踢倒在地。那双脚居高临下出其不意，两脚都是致命的，那两个"救世军"从此再也没有站起来。

而那几个救世军还没反应过来，已经又有两个倒在了两个拳头之下。

那两拳同样是致命的。

脚和拳的主人当然就是火星王子。

接下来，另外四名"救世军"也很快被火星王子打翻在地。

"不要回地球了！好吗？"几小时之后，在水下酒吧的一个包房中，月亮公主对火星王子说。

火星王子没有说话，只是端着酒杯，望着眼前玻璃墙后游来游去的大小鱼儿们出神儿。

月亮公主沉吟片刻，看看身边的蓝小蔚，又对火星王子说："我说过要告诉你一个秘密——刚才被打断了，现在接着告诉你——你所看到的蓝小蔚是一个根本不存在的人！"

"什么？"火星王子一时没有明白她的话。

"蓝小蔚根本就没有真实存在过！"

月亮公主的这句话叫火星王子和蓝小蔚都大吃一惊，火星王子看看蓝小蔚，蓝小蔚看看自己，惊讶得说不出话来。

"咳咳，我不是说她，我是说你要找的那个蓝小蔚是个根本不存在的人！"

"不会的，怎么会，我记忆里仅有的只有她，何况我几次亲眼见过她……"火星王子自然不相信月亮公主的话。

月亮公主说："你看到的都是幻影！"

火星王子还是不信："不，我不但见过她好几次，还跟她交谈过——你住在我家的那天晚上她还去找过我，她亲口跟我说过话……"

"不，你看到的是虚的，你听到的是假的——从一开始她就是个幻影，那个幻影是我展示给你的——那是'总统'交给我的任务，他希望通过这个幻影唤回你的记忆，让我能够尽快能把你带'回家'……"

"可是幻影怎么能够说话？我不相信……"

"那是我代替她说的！"月亮公主见火星王子还是不肯相信，她就不再说话，而是离开座位，走到那边，把自己手腕上的万能表调弄了几下，一个一袭白衣一尘不染的女孩立刻坐在了蓝小蔚的身边。

火星王子和蓝小蔚立时惊得目瞪口呆，这个白衣女孩不是别人，就是另一个"蓝小蔚！"

没错，这个女孩正是火星王子一直苦苦寻觅的那个"蓝小蔚"，她那一脸圣洁的忧郁他永远不会忘记，也永远不会认错。

"火星王子，你好吧？还认识我吗？听说你一直在找我，我不是告诉你不要再找我吗？"然后她就开始重复那晚她对火星王子说过的话，"不，你错了，不是那样的，根本不是那样的。那完全是你自己的想象臆造。那完全是你自己在自作多情。我们根本没有任何关系，如果你能记起我，就应该还能记起其他事——只要能够想起别的事，你就一定会明白，我和你没有关系……"

虽然这回明明白白看见确实是月亮公主和"蓝小蔚"在演双簧，可火星王子还是不愿相信眼前的一切是真的。待了片刻，他小心地向"蓝小蔚"伸出了一只手。可是手还没触到她的身体，他的手就胆怯地停住了。

"呵呵，没关系，我是碰不坏的！""蓝小蔚"鼓励。

火星王子的手犹疑着继续向前，缓缓扫过"蓝小蔚"的胳膊，又划过她的身体，整个过程火星王子的手没有碰到任何阻力和障碍。

毫无疑问，这个所谓的"蓝小蔚"确实只是一个毫无实质内容的幻影虚像。

月亮公主按下万能表的按钮，关闭了影像，"蓝小蔚"就像突然出现时一样，又一下子消失得无影无踪了。

火星王子的那只手却还保持着前伸的姿势。他无论如何也不愿相信，自己苦苦寻觅的所谓爱人竟然只是一个虚幻的影子。

月亮公主也没有再说什么，只是倒了一杯酒，亲手递到了火星王子手里。

火星王子接过酒杯一饮而尽，然后他又给自己倒了一杯。

月亮公主默默陪着火星王子一起喝，蓝小蔚只在一边默默看着他。

一杯一杯又一杯，蓝小蔚终于伸出手夺过瓶子开了口："别再喝了你们，好么？"

月亮公主没再倒酒，却直着眼睛问火星王子："怎么样，还打算回地球么？"

火星王子茫然地摇摇头。

"真的不回去了？"

火星王子又一次摇头："不知道，我也不知道……"他真的不知道，突然之间他的生活就失去了目标。突然之间他也明白了一点——他也许根本没有一个叫蓝小蔚的爱人，寻找蓝小蔚也许只是为了给他毫无目的的生活寻找一个目标确定一个方向而已。

月亮公主放下杯子："这就对了，回到地球无异于自投罗网，当然这里也不是清静之地，不过放心，宇宙这么大，我一定可以找到一个能让我们安静容身之地！"说完她叫来了服务生，问他月亮上有没有一个谁也不知道谁也没去过的好地方。

服务生茫然地摇头。月亮公主想想又问他知不知道这里谁的消息最灵通。服务生想想说这里有一个叫也许先生的人很著名……

没等服务生说完，月亮公主就决定带大家去找那位先生。问清了也许先生的大概住址，她又改变了主意，因为三个人一起出去目标太大，现在随时都能再次和"救世军"遭遇，于是她叫火星王子和蓝小蔚留在水下酒吧等她。

"你喝了那么多，休息一下再去吧！"蓝小蔚不放心。

月亮公主大咧咧一笑："我是谁？堂堂月亮公主，谁不知我是海量，再喝这么多也照样天下无敌"说着转身就走，刚走几步又回身指着两个人说，"哪儿都不准去，老老实实在这儿等我！"

月亮公主走了，火星王子自始至终没说一句话。待到月亮公主一消失，他就又抄起了酒瓶。

蓝小蔚看着他，眼光柔柔的，痛痛的，手下却攥得牢牢的。火星王子不再跟她抢，却红着眼睛盯着她，喃喃问句："你告诉我，她——那个'蓝小蔚'真的只是个幻影吗？"

蓝小蔚点点头："是真的，真的只是个幻影。"

火星王子点点头，又摇摇头："可是，既然她只是个幻影，为什么我什么都忘记了，却只记得她？"

蓝小蔚没有回答，她无言以对。

接着，火星王子又问了另一个让她更加无法回答的问题："为什么你和她一模一样，连名字都一样。是不是你就是她，她就是你？是不是我找的那个她本来就是你？"

蓝小蔚的嘴动了动，却仍是无话可说——她多希望像火星王子说的那样，他找的人就是自己，自己就是他要找的人。可是怎么想她也无法找到一点蛛丝马迹。

趁她沉思，火星王子抢过酒瓶，直接把半瓶酒灌了下去。然后，他就醉了——醉了，却不是因为酒。

望着趴在桌上的火星王子，蓝小蔚忍不住伸出手，轻轻抚摸着他的头，嘴里轻轻地说："睡吧，睡会儿吧，一切都会好起来的，会好起来的……"

火星王子是被蓝小蔚唤醒的。她说月亮公主还没回来，她已经离开八个小时了。

火星王子没想到自己睡了这么久，而且还让蓝小蔚陪了自己这么久，他自然很愧疚，很过意不去，但现在这些他都顾不得了，他只恨自己睡了这么久，他要去找月亮公主——这么久没回来，他应该早些去找她。

"你在这等我，千万别离开！"嘱咐过蓝小蔚，火星王子急匆匆地离开了水下酒吧。

月亮上虽然没有汽车、电车等交通工具，但交通却很方便，因为住宅与工作场所都在地表以下，只需乘坐一种类似于电梯的东西就可以很便捷地去你想去的地方。火星王子按着服务生提供的线索，很快找到了也许先生的家。

大大出乎火星王子意料之外的是，也许先生竟然是位女士。

女士也许先生告诉火星王子，那个叫月亮公主的女孩确实来向她打听有没有一个好去处。也许先生虽然不能给月亮公主一个满意的答复，但却向她推荐了一个人，那个人可能会为月亮公主提供帮助。

那个可能会为月亮公主提供帮助的人就叫可能博士，是一位科学家。

火星王子找到可能博士的实验室时又一次意外了——不只是因为可能博士也是位女士，还因为可能博士竟然是位美丽高雅的年轻女士。

听火星王子说明来意，可能博士沉默了。

"告诉我，她到底来没来过？"火星王子急切地问。

"是的，她来过……"女博士没有否认。

"她现在在哪里？"

女博士面有难色。

"快告诉我，她现在在哪里？"火星王子急切地叫了起来，而且还扳住了女博士的肩——来了没有见到月亮公主，火星王子本来已经很不安，见可能博士样子可疑，他就更不安了。

不过他很快意识到自己的冲动，马上放开了手，并向女博士道歉，然后继续追问月亮公主的下落。

　　可能博士终于小心地说明了事情的原委："是这样的，你的朋友来这里，是为了要我帮助她尽快寻找一个不受别人干扰的好地方，她说你们目前有麻烦……我想来想去并没有这样一个地方，因为可去的地方都已有了人——即便暂时还没有人，可是你们去了，就等于那里有了人……我见她很失望，就把我正在进行的一项实验告诉了她……"

　　"什么实验？"

　　"你知道，我们的宇宙之外也许还会存在另一个宇宙，我们的时空之外肯定还存在其他时空，我的实验就是制造一部时空转换机器，通俗说就是通过这部机器，我们可以到另一个时空去旅行……"

　　"你是说月亮她去了另一个时空？"

　　"也可以这样说，但我的实验刚刚完成，还没有谁真正做过尝试……"

　　"那你为什么让她去冒险？"火星王子发了火，他丝毫不掩饰心中的愤怒。

　　"我当然希望有人能参与我的实验，但我并没有强迫她，是她自己主动提出来的，也就是说她完全是自愿的。她告诉我她的两个朋友在水下酒吧，她说如果她回不来，就让我通知你们，并帮助你们，她还让我把这个转交给你……"说着可能博士把一件东西递到了火星王子手中。

　　火星王子接过来，他早已认出那是月亮公主的激光笔。他紧紧握住那只笔，追问怎么会回不来。可能博士告诉他，因为尚在实验期，一切都很难预料，正常情况下，月亮公主应该在四个小时内返回来，可现在已过去五个小时了……

　　"那怎么办？"

　　"没办法，只有等待。"

　　"要等到什么时候？"火星王子万分紧张。

"如果六个小时她还不能回来，那短时间内就很难回来了……"

"短时间是多短?"

"起码比我们的生命要长些……"

火星王子一下子傻了。傻愣片刻，他冲动地上前攥住可能博士的手："我要去找她，我要去找她回来!"

"可是……"

"不要可是，没有可是! 你要马上让我找到她!"

"那好吧。"可能博士说完便带着火星王子来到了实验室最上面的一层，并把他带进了一个圆形房间内。

这个房间既没有生活用品也没有实验用品，光溜溜的什么都没有，连窗子都不见一个，只是在左右各有两个椭圆形的门。

可能博士指指那两扇椭圆门说："月亮是从这两个门中的一个进去的，这两个门也是回来的必由之路——如果她能安全返回的话，不过我不知道她是从哪个门进去的，更无法预料她会从哪扇门回来……你找到她的可能性微乎其微，你找不到她或者错过她的几率都很大，那样你也可能短时间内再不能回来，你们可能再也不能相见……你可以再考虑考虑……"

"不用了，时间已经不多了，我要马上去找她!"火星王子的口气不容置疑。

"那好吧。待会儿机器启动后，你有半分钟的时间选择进入哪扇门。"

"等一等!"火星王子唤住女博士。

"怎么，改变主意了?"可能博士盯着他问。

"不，如果我回不来了，请你把这个交给月亮，如果我们都回不来了，请你把它交给蓝小蔚——她在水下酒吧，如果我们回不来，希望你能为她提供一些帮助!"

"好吧，放心吧!"可能博士接过那只激光笔走出了房间。

"祝你好运，可爱的年轻人，希望你们都能安全返回！"屋门合拢的那一刻，可能博士的最后一句话传了进来。

很有可能这是火星王子在这个世界上听到的最后一句话了。

很有可能这也是他今生听到的最后一句话了。

房门完全封闭后，这个圆形房间开始旋转起来。开始并不快，以后很快加速，然后越来越快越来越快。最后快得让感觉再也感觉不到它的旋转，好像整个世界都已静止下来。

火星王子开始选择了。时间只有短短的三十秒。

火星王子闭上眼。闭上眼他就看见月亮公主也在和他一起选择着，他看见月亮公主走向了右边那扇门，到门口她还回头招招手。火星王子睁开眼，毫不犹豫地奔向了右边那扇门。

可是就在那扇门打开的那一刻，火星王子却突然呆住了。

那扇门打开的那一刻，火星王子看到门里走出了一个人。

那个人不是别人，正是月亮公主。

火星王子闭了一下眼，再睁开眼，月亮公主并没有消失，而是依然那样真切地站在那里，同样惊喜交加地望着他。

火星王子张开怀抱。

月亮公主张开双臂。

两个人一下子扑到一起，紧紧地紧紧地抱在一起，两颗心再一次激烈地跳在一起。

在最后的一刻，月亮公主终于安全返回了。

趁着火星王子去接蓝小蔚的机会，可能博士抓紧时间询问另一个空间的情况。月亮公主想了半天，却说了句："说不出来，你亲自去一次才能知道……"

"怎么会说不出来？你到了什么地方？"

"说不明白，也想不明白，我像一直在赶路——对，我像一直在路上！"

说着话，火星王子已经接来了蓝小蔚。按着月亮公主事先和可能博士的约定，月亮公主安全返回后，可能博士就要允许月亮公主和她的两个朋友再做一次超时空旅行。根据他们的请求，可能博士马上兑现其诺言。

三个人又一次站在了那个圆形房间里。

"孩子们，祝你们旅途顺利、快乐！我等你们回来！"可能博士说完这句话，那扇和这个世界连通的门再一次关闭了。

三个人都很兴奋，还有些紧张，却没有惊慌害怕，因为这次三个人紧紧抱在一起。

圆形房间再次旋转起来，然后快到让大家感觉不到速度。他们摸摸脖子上挂着的项坠儿——那是返回这个世界的钥匙，可能博士再三叮嘱不可遗失掉。

静止三十秒后，两扇椭圆形的门打开了。

"这边！"月亮公主说着已向那扇门走去。三个人手拉手走进了那扇门。进门后房间的门立时在他们身后消失了。里面很黑很黑，比地球的黑夜还要黑很多倍，三个人很不适应地立刻闭上了眼睛，马上看到了他们想看想听想闻的一切——蓝天白云，瑞气和风，青草绿树，飞瀑流泉，还有鸟语花香，蜂鸣蝶舞，若有若无的美妙乐曲响在天边又响在耳旁，还有……

"太好了！"三个人叫着睁开了眼。没想到睁开眼后，一切好看好听好闻的都消失了，眼前成了糊涂混沌的一片……等到闭上眼，一切的美丽又重新回到了眼前……

三个人糊涂了，分不清睁开眼看到的真实还是闭上眼看到的真实。但是，即使是虚幻的他们也还是选择闭上眼时所看到的那一切。

三个人闭着眼向前走去，他们想找个人问一问这到底是怎么回事。

前边有片草地，草地嫩绿纯净，就像一个乡野少年。草地上没有人，只有一只美丽的小鹿在散步。

"远方的朋友们，你们好！"

从小鹿身边走过去的那一刻，他们身后突然响起了一声甜美的问候，声音清晰又清脆，还是地球语言。三个人惊喜地回头，身后并没有人而仍然只有那只小鹿。

"不用找了，是我啊！"小鹿说着走上前来。

三个人很意外，但也很高兴——连小鹿都能说话，多么奇妙的地方啊！可同时这也更叫他们困惑。

"这是哪里？地球还是月球？"月亮公主第一个发问。

小鹿笑了："呵呵，这里不是地球，也不是月球，不是你们通常所理解的那个宇宙——这里是另一个时空，另一个世界！"

蓝小蔚四下看看："可是这里什么都和地球一样啊，包括你——你虽然会说话，却是地球上的动物，连说话也是地球的语言啊？"

小鹿说："因为这是你们熟悉和喜欢的，所以你们能看到这个样子，其实这个世界的一切都不是用眼睛看出来的……"

"那用什么？"

"用心，是用心啊！其实心要比眼睛明亮百倍。心才可以看得更清楚——你们现在闭着眼睛，能看到这美丽的一切，包括你们的朋友和自己，因为这时候你们是在用心感受世界，感受彼此，感受自己，可一旦睁开眼睛你们会被眼睛所蒙蔽，而不肯用心去感受了……"

三个人你看看我，我看看你，似有所悟。

"好了，你们自己去感受吧，我要去吃草了——这草又鲜又嫩，你们要不要尝尝？"

月亮公主忙摆手："不用不用，现在我们一点都不饿！"

告别了小鹿，几个人静下心来，慢慢向前走，边走边欣赏路边的风景。越欣赏他们越能感受到那种不可言说之美，越欣赏他们越觉得这个世界跟他们来的那个世界原本并无二致，只是在这里他们是在用心感受美，而在他们的世界里人们习惯用眼睛。

　　三个人都感受到了从未感受过的美好与愉悦，都沉浸到了这恬淡静美的感觉之中，他们感觉连他们自己也成了这美丽世界的一部分，你可以是一棵树，也可以是一朵花、一棵草。

　　这个美好的世界和这世界的美好，让三个人很快忘记了可能博士再三叮嘱的话。可能博士说，不管这个世界什么样，他们都不能待得过久，否则他们就会融入这个世界，而被原来的世界所抛弃。换句话说，如果待得过久，他们就永远回不到原来的那个世界了。

　　直到博士送给他们的项坠上闪烁起黄色警告，他们才明白离开的时候到了。

　　回去其实很简单，只需按动项坠儿上的按钮，他们立刻就会回到原来的世界。可是选择却万分艰难，因为他们非常不想离开这里，可留下就意味着永远抛弃一个生他们养他们的世界。

　　虽然选择很艰难，但最后的决定是一致的，留下来！

　　为了不给自己动摇的机会，他们准备扔掉各自的项坠儿。不料就在这时，蓝小蔚猛然惊叫一声，飞扑上去挡在了火星王子的身侧。

　　枪声打破了这个世界的美丽和平静。

　　因为几乎把自己完全融入了那种纯美之中，火星王子的防范意识几乎丧失殆尽，如果不是在他身边的蔚小蔚及时看到了那只对准他的枪口并飞身挡在了他的前边，那现在中弹倒下的肯定是火星王子无疑。

　　在蓝小蔚中弹的那一刻，月亮公主已经本能地拔枪射击。

　　随着枪声，那个"救世军"立刻倒地。

　　随着枪声，这个世界也立刻变得荒凉无比，所有的花都谢了，所有的草都枯萎了，所有的水都干涸了，所有的美丽都消退了。

　　顷刻之间，美丽世界成了一片荒漠，不论他们睁眼还是闭眼，所有的美感都消失了。

　　"小蔚，小蔚……"火星王子抱着蓝小蔚呼唤着、呼唤着。

　　蓝小蔚胸前淌落的鲜血正在把荒漠染红。

月亮公主也上前呼唤蓝小蔚。可惜这个世界没有药，因为这个世界纯净得从来没有病菌和罪恶血腥——当然是在枪响之前，或者说是在他们到来之前。

而蓝小蔚受伤的又恰好是心脏。

在两个人痛切的呼唤声中，蓝小蔚终于最后一次睁开了眼睛。

渐渐地，她最后一次看到了近在眼前的火星王子。她想抬起手抚摸一下火星王子的脸，可是她已经没有把手抬起的力气了。

"小蔚，小蔚……"火星王子抓起她的手贴在自己脸上。

"你不知道，我多希望你要找的蓝小蔚就是我啊……"这是蓝小蔚留给火星王子的最后一句话，也是一直珍藏在她心底的一句话。

"小蔚，小蔚，挺住，咱们马上回去，你会没事的，挺住……"月亮公主和火星王子一样泪流满面。

"不，我不要回去，我要在这里，这里好美，好安静，好……"

这是蓝小蔚给这个世界的最后一句话。此时这个世界已经全部被蓝小蔚的牺牲染成了血红色。

血红的沙漠占据了整个世界，而占据沙漠的，只有坐在高高沙丘上的两个人。

那是火星王子和月亮公主。

两个人都不说话，只是长久地用心去寻找刚刚失去的那份安静和美丽。终于，他们的眼前又出现了一抹绿意，但那绿意却如微云细雾，只在世界的尽头若隐若现。

这时，他们的项坠儿再次闪烁，是红色的，随着闪烁还响起了刺耳的吱吱警报声。那抹绿意受了惊吓般立刻又不见了。

回去的最后时限到了。

终于，火星王子开口说话了："我们得回去！"

"为什么要回去？因为这里不美了？"

"不，为了保持这个世界的美，我们得回去——我们不回去，'救世军'会不断找来，那样这个世界也会像我们的世界一样被肆意践踏，那样纯真的意境也许在这个世界再也找不回来了！"

月亮公主沉思着点点头，然后问："回去我们能去哪里？他们永远不会放过我们的！"

"去找'组织'——为什么一定要被动地等着'组织'找我们，我们为什么不能主动去找'组织'？"

"你打算——'回家'？"

"对，我要'回家'找他们做个了断——蓝小蔚，也为我们！"

月亮公主明白了他的心思，郑重点了点头，"不管去哪里，我都陪你去！"

按着蓝小蔚的心愿，他们把她留在了那个世界。他们希望不久之后，那所有的美丽都可以返回来，让她一个人安静地享受和体验。

火星王子和月亮公主向前走去。就在按动项坠儿按纽的那一刻，他们回头却见嫩绿正在缓慢而来，血红正在逐渐消失。

第七章
救世行动

火星王子和月亮公主在异城空间并没有感觉时间多长，可回到月球之后他们才知道，他们已经离开整整一周了。

听了蓝小蔚的遭遇，可能博士很震惊，因为那个"救世军"并不是从她这里进入异城时空的，这说明至少还有另外一部超时空机器存在着。

告别了可能博士，火星王子和月亮公主心情都很阴郁，因为他们感觉留在另一个世界的蓝小蔚可能永远找不回她想要的那份纯美的宁静了。

火星王子和月亮公主没有躲躲藏藏，而是公开来到了太空旅行站，并在可能博士的帮助下乘上飞船返回了地球。令他们意外的是，一路上虽有"救世军"盯梢，可直到回到地球，盯梢的也没有采取什么行动。

于是月亮公主采取主动，抓住一个盯梢的想审问一下他们打的什么主意。这个被抓住的"救世军"不是智能人，但却什么也没说就死了。月亮公主知道，这一定是"组织"给他们身上植入了什么应急部件，当他们被抓获时会自动或遥控终结被植入者的生命。

"不用问了，咱们直接'回家'！"火星王子做出了决定。

"家"就是隐蔽在城西山峰中的那个怪异建筑。

以前"组织"迫切需要火星王子尽快'回家'，月亮公主和蓝小蔚还有许多"救世军"都是帮助他'回家'的人。今天火星王子和月亮公主刚出城就又遇到了"救世军"，不过令他们无论如何想不到的是，今天的"救世军"不是要胁迫他们'回家'，而是阻止他们'回家'的。

当然他们挡不住火星王子和月亮公主。

冲破重重阻力，快到山下时，火星王子和月亮公主被两辆装甲车挡住了，装甲车外还有几十支枪口对准他们。

"火星王子要'回家'我把他带回来了，为什么阻止我们？"月亮公主愤怒地质问。

"因为现在不是'回家'的时候！"回答月亮公主的是从装甲车上下来的一个人。

"是你"，月亮公主和火星王子都没有想到，这个人竟会是在蓝梦酒吧和他们拼酒的那个老何。

老何笑笑："不用奇怪，到处都有我们的人！"

火星王子沉声说："我们今天就要'回家'！"

"对，我们马上就要见'总统'！"

老何依然笑笑："这是'总统'的命令——三天之后欢迎你们'回家'，三天之内胆敢擅闯圣地，那你们会堕入万劫不复的境地！"

火星王子脸上现出了杀气。月亮公主却笑了："好吧，我们就等上三天！别怪我们莽撞，我们实在是太想家了！"说完拉上火星王子就走。

他们回到火星王子的住处，发现后面依然有人跟踪监视，他们没有理会，只是还是为一个问题百思不解——"组织"一直在追捕他们，甚至要消灭他们，可是现在他们送上门来，"组织"却又拒之门外。如果"组织"已经放弃了他们，那为什么又盯住他们不放呢？这里面肯定有什么阴谋，可是这里面到底隐含着什么样的阴谋呢？

火星王子和月亮公主自然不会乖乖等上三天。

深夜，火星王子和月亮公主悄悄溜出了公寓。尽管他们十分隐蔽，可还是被附近监视的"救世军"们发现了，他们马上报告了队长，并悄悄跟了上去。

前边的火星王子和月亮公主浑然不觉，他们依然自以为很隐蔽地穿街过巷，然后坐上一辆汽车，向城西驶去。

刚出城，发现前边有车拦截，他们马上掉头，又向城里开去。

"救世军"的三辆车跟了上来，他们很紧张地监视着前边那辆车，一时搞不清火星王子和月亮公主葫芦里卖的什么药。

就这样折腾了两个小时，"救世军"突然接到消息，说火星王子和月亮公主已经在总部附近出现了。追踪的"救世军"不相信，火星王子和月亮公主不是一直在他们的视线中吗？

他们抢上前拦截了那辆车。

在"救世军"们的喝令和枪口逼迫下，车里的一男一女下了车。他们果真不是火星王子和月亮公主，而只是穿着和他们一样衣服的两个人。他们和火星王子住在同一幢公寓，夜里忽然一个红衣女孩闯入他的房间，逼迫他们照她的话去做，否则挂在他们腰上的遥控炸弹随时会爆炸。

炸弹？"救世军"吓了一跳，下意识地散开。过会儿一个胆大的让他们转过身，用自己的万能表强光一照，发现挂在那两对男女腰上的根本不是炸弹，而只是一个人造食物蛋。他小心地摘下一个一看，没错。他轻轻碰碰，剥去皮，轻轻咬口尝尝，然后就一下子填进嘴里，他伸手又要去摘另一颗蛋，可是同伙们已经抢先下手抢走了。

此时在城外那座气象峥嵘而又阴森的山峰下，火星王子和月亮公主再一次和"救世军"遭遇了，只是这一次他们是被围在中间，四下有许多枪炮对着他们。

原来"救世军"早有准备，他们中了埋伏，这让自以为是的月亮公主非常气恼。

"救世军"再次宣布：如果火星王子和月亮公主不在三分钟之内缴械投降，那么等待他们的就只有子弹了！

这是第三次警告，也是最后一次。

火星王子和月亮公主明知抵抗的结果是什么，可他们宁愿死守也不会缴械投降。

时间一分一秒地过去。火星王子和月亮公主不知不觉紧紧靠在一起，毫无畏惧地等待着最后一刻的来临。

对这对青春男女来说，能够死在一起也是一种幸福，因为他们相信死也不会把他们分开，他们希望死去后就能够永远在一起了。

三分钟很慢也很快。

"好，你们已经自愿放弃了最后的机会，向我们的圣女祈祷吧——预备……"执行官招手要下开枪的命令。

"等一等！"一个"救世军"及时跑来，在执行官耳边悄悄耳语几句。

执行官虽然脸上有些困惑，可还是对火星王子和月亮公主说："算你们命大，何指挥有请！"

火星王子和月亮公主被押到了树林中，那里只有十个"救世军"，但十支枪牢牢地盯住他们的要害部位，现在火星王子和月亮公主找不到一点机会了。

他们没想到，何指挥就是他们的老相识老何。

老何说："我知道你们的本事，不要试图反抗，那样会把事情搞糟的！"现在的老何很严肃，一点也不像那个酒鬼老何。

"你想怎样快说，别婆婆妈妈的！"月亮公主毫不客气地回了他一句。

老何问："你跟我说说你们这次回来的真实目的吧？"

"真实目的？回来就是我们的真实目的啊，'组织'不是一直要让我们回来么？如果真的不要我们了，就不要再纠缠我们，我们永远不会再回来！"

老何深思着，似在掂量她的话有多少可信度。

"你呢？你也说说？"老何绕着两个人走了两圈，当然是保持着一定距离，然后他停下来，问一直不开口的火星王子。

火星王子平静地说："月亮全权代表我。"

老何冷笑一声，终于做出了决定："好吧，我姑且相信你们，但你们必须先完成一项任务，才能重新取得'组织'的信任！"

月亮公主甩甩头，扬扬脸，高傲地说："我们为什么要服从你的指挥？我们一直都是直接听命于'总统'！"

老何说："我是'总统'授权的指挥官，现在你们要听我的！"

"那我们要先见'总统'！"

"不行！'总统'不在，他要你们听命于我！"

月亮公主习惯地要按耳朵和'总统'对话，可手刚按到耳边就被火星王子及时拉住了。她这才想起自己并非真的要回"组织"，何况她已用意识摧毁了和"组织"或说"总统"的通讯系统。

"你说吧，要我们做什么？"火星王子开了口，他想知道老何到底要自己和月亮做什么。

"去杀人？"

"杀人？"

"这不是你们最擅长的工作么？"

"杀什么人？"

老何把两个微型通讯器递给两人："你们只去杀人就行，杀谁不是你们该操心的——你们不会这么快就忘了纪律和行规吧？"

火星王子和月亮公主互相看了一眼，接过了两个微型通讯器。不管怎么样，先看看他们搞的什么鬼。

火星王子和月亮公主被老何派车送回时，天也亮了。

两小时之后，他们接到了老何的命令——化妆改扮之后，上午十点前到蓝梦酒吧待命。

火星王子和月亮公主把自己化妆成为两个中年人，很快来到了蓝梦酒吧。

蓝梦酒吧好像依然还是上次那些客人，只是少了一个老何。没人注意火星王子和月亮公主，他们坐在一个角落里，就着昏暗的灯光，边心不在焉地慢慢饮着一杯酒，边在酒客中看似漫不经心地认真观察着，猜测着哪一个将会是他们的目标。

一小时之后，微型通讯器里传来了老何的命令——老何告诉他们，十分钟后将有三个人来到蓝梦酒吧，他们的目标是中间那个人，不管他是谁都要毫不犹豫地一枪毙命。至于另外两个则不计死活。

听得出老何有些紧张，是很有些紧张。但是火星王子和月亮公主却很平静很镇定，镇定得就像渔夫准备撒网、农夫准备收割。不过他们很有些奇怪老何为什么会紧张，而且是那样紧张。

只是奇怪而已，他们不想去多想。

十分钟到了，老何所说的三个人准时走进了蓝梦酒吧。

第一个是个机警的男子，眼睛锐利得就像一只猎鹰。最后是一个粗壮汉子，那身躯让人怀疑他是一个钢铁打造的战斗型智能人。中间一个是个女士。

准确地说，那是一个女孩。

一个一袭白衣的女孩。

一个一袭白衣美丽而圣洁的女孩。

这个不是别人正是蓝小蔚。

本来要开枪的火星王子和月亮公主一齐呆住了。他们不但大瞪着两双眼睛错失了稍纵即逝的行动机会，而且把自己的身份和目的也亮给了对方。

鹰眼男子如鹰一样扑过来的同时，他的双枪也响了。

火星王子和月亮公子一直滚到地上，同时他们的枪也响了。

鹰眼男子并没有被他们的两支枪打倒，因为酒吧里所有的人都成了火星王子和月亮公主的敌人。

一阵密集的枪声之后，当火星王子和月亮公主站起来时，蓝梦酒吧已经没有活着的人了，而蓝小蔚早已像影子一样消失得无影无踪了。正当火星王子和月亮公主想马上离开现场时，他们却惊呆了，因为倒在地上的那些人身上流淌出的竟然是蓝色的血液。

两个人再仔细一看，刚才那些人竟然已经面目全非，一个个成了一副副丑陋怪异、狰狞恐怖的样子。火星王子和月亮公主从没有见过这样的"人"，他们甚至分不清他们到底是不是"人"。

是外星生物？还是被人制造出来的新物种？或是什么动物的变异品种？火星王子和月亮公主虽然震惊，但现在根本没时间追寻这些问题，他们急于要找到蓝小蔚。

可是未等跑出门，他们便被什么东西缠住了双脚，一低头，只见缠住他们的是几条大蛇。月亮公主天不怕地不怕，可不知从什么时候开始，她怕上了一些丑陋的小动物，对蛇鼠一类更是特别敏感，现在一见脚下缠的是蛇，她吓得尖叫一声差点晕过去。

火星王子扶住软瘫在自己身上的月亮公主说声别怕，可定睛细看，他不禁暗自也是一惊——原来缠住他和月亮公主双脚的并不是蛇，而是无数条蛇样的爬行生物。蛇身上相对来说是比较光滑的，而这种生物却长满小蛇一样的触须。那些触须都是有牙有嘴的，不仅可以缠绕勒扎，而且可以撕咬吸噬，所以它们比毒蛇更可怕也更恐怖。它们是从房门破损的里间跑出的，还是刚才那些怪异"人"繁化出来的，现在根本没有考究的时间。火星王子必须尽快把月亮公主和自己救出，否则很快他们就会剩尸骨无存地被这种恐怖的生物所分食。

呼、呼、呼……随着枪声，鲜绿的血肉四下飞溅，那种恐怖生物也断成了好几段，但是即使只剩了一半，它却仍然浑然未觉地缠绕撕咬火星王子和月亮公主。

月亮公主几乎吓晕过去，而火星王子的枪里已经打光了子弹。

看来他们已难逃此劫！火星王子似乎感觉到自己的血肉正被撕咬、

骨髓正在被吸食。他感觉自己和月亮公主正向天边的恐怖深渊沦陷……

啊——猛然，火星王子春雷般大喊一声，双眼爆发出千钧之力，像拔萝卜一般一下子就把月亮公主从那种恐怖生物的纠缠中拔了出来，并且一气呵成毫无迟滞地向外扔去。

月亮公主像颗炮弹一般无可阻挡地冲破玻璃，很有质感地飞出了窗外。

紧接着，火星王子再次大喝一声，双手抓住缠住自己双腿的那种可怕生物，用尽全身之力猛然一拉，趁着脚下松动的瞬间放开双手，身体已经疾速拔起，然后用力一蹬桌子，紧随月亮公主弹出了窗外。

火星王子很快爬起来去找月亮公主，月亮公主也正挣扎爬起来。火星王子伸手去扶，却被月亮公主一掌推开，然后跑到一边呕吐起来。

火星王子还是跟上去扶住了月亮公主。月亮公主干呕了一阵，却没有吐出东西，但是刚才那触目惊心的一幕还在眼前浮现，令她心有余悸。

"咱们快走!"火星王子终于催促起来，今天是他们从业以来第一次没有作为，也是第一次离开现场这么拖拉。

当然这次是出现了意外情况，但是对手却不会因为这一点而放过他们，当火星王子和月亮公主转身想要尽快脱身时，身后已经有十几支枪口对准了他们。

几乎是在他们转身的同时，枪声再次响起，前来验看的两个美女中弹倒下，同时两支枪一齐射向美女们，一时间犹如秋风劲扫，落英缤纷。

眼看胜利在望，突然两辆汽车开到，车上下来的全是持枪美女，她们下车不由分说就向火星王子和月亮公主扫射起来。火星王子和月亮公主被对方狂风骤雨般的火力压得透不过气来，而对方已经边打边包围过来。

这一次火星王子和月亮公主又到了插翅难逃的境地。这一次他们已经被死神紧紧抓在了手里。

突然一架直升机开了过来，机上几支冲锋枪向毫无防备的美女们狂扫起来。这一来火星王子和月亮公主的压力顿减，他们立刻抓住机会还击起来。

当最后一个美女杀手倒下时，直升机也降落在街道上。从直升机里走出的人竟然是"救世军"的指挥官老何。

"快，上直升机！"老何命令。

"去哪里？"月亮公主怀疑地问。

"快，否则来不及了！"老何话音未落，已经有大批警察赶到了，并且不由分说向他们开枪射击起来。

直升机上的两个"救世军"被迫还击。

"别开枪，都别开枪，我有话说，我有话说……"老何扔掉枪挥着手大喊大叫起来。

可是在老何的呼叫声中，直升机被射中爆炸了，老何和火星王子、月亮公主三人被冲击波猛然推出去撞到了墙上。

待到爆炸过后警察们边打边冲上来时，现场已看不到了火星王子、月亮公主和老何三个人的踪影了。

"快追！"

随着命令，警察们四下搜寻起来，但是找遍了附近的街巷，火星王子他们三个人却突然人间蒸发了。

不愧是超一流杀手，借着飞机爆炸那短短的时间，他们不但成功逃出了警察的包围，而且还带走了身负重伤的老何。

老何身中数弹，已经奄奄一息，应该尽快送到医院抢救。不过此刻他们却是在阴暗潮湿的下水道中。

"你等着，我去买药，坚持住！"火星王子决定冒险出去，虽然他对"组织"的人并无好感，可老何毕竟刚刚营救过他。

"不，不用了，来，不及了……"老何声音微弱地阻止了火星王子，接着用力喘上几口气，说出了最后几句话，"我是卧底警察，'救世军'在后天，同时在十个城市发动叛乱夺取……权……权利，然后控制整个……整个地球，快去报告……警察总长，不要轻信别人……警察里有内奸……快……"

老何嘴又动了两下，却已发不出声音，然后他就死了。

火星王子和月亮公主一时间无法理清发生的这一切，也不知他们该不该照着老何的话去做。他们现在很疲惫，而且心乱如麻，根本不能集中精力想清这件事。

于是暂时他们什么也不想，两个人靠在一起想休息一下，不料很快都睡着了。

火星王子是被月亮公主恐怖的尖叫惊醒的，他睁眼首先看到的是月亮公主那恐怖的神情。顺着她的眼神一看，火星王子也惊呆了——只见离他俩不远的地方，有无数幽绿的小光点正在鬼一样窥视着他们，而且光点在一点点向他们靠近。

"打开你的表照照看！"火星王子断定那些亮点不是人为的。

被吓懵的月亮公主经火星王子一提醒，马上按键，万能表射出一线光亮，光线很快扩张为光柱，于是他们看清了自己面对的是什么。

那是一群大老鼠——那是一群比猫还大、不，是快赶上狗大的大老鼠。

看清了大老鼠，月亮公主吓得叫都叫不出了。

"快走！"火星王子意识到迫在眉睫的危险，拉起月亮公主要退，可是转身他们才发现，后边也有一群特大的老鼠正向他们悄悄逼近。

"我怕、我好怕……"月亮公主伏在火星王子怀里，紧紧闭着眼，浑身战栗。她自己大概也绝不会想到，有一天死都不怕的月亮公主会被一群老鼠吓得要死。

一时间，火星王子也不知如何是好了，他端着枪却不敢轻易射击——这么多老鼠他打得过来么？

形势对他们很不利，非常不利。大老鼠和他们一样很清楚这一点，所以它们缓慢而又毫不停顿地和他们靠近着，靠近着。

一旦老鼠发动攻击，他们几乎无处可逃。他们几乎可以肯定会成为老鼠的美餐。

第一次，火星王子觉得自己这么无能。现在就是他想牺牲自己救出月亮公主都已不可能了，因为现在除了脚下的污水，头顶和两边都是厚厚的钢筋水泥。

而他们的前后是准备享用他们的老鼠。

老鼠越来越近，火星王子甚至已嗅到了污浊的气息，其中有几只似乎唤有鼻窦炎，呼吸很不通畅，有些吱吱的响声。

火星王子觉得自己快要支持不下去啦，而月亮公主则已经挺不住了。她突然脱离火星王子的怀抱，拔枪闭着眼对着鼠群狂叫着扫射起来。

突然枪声戛然而止，月亮公主的叫声也停了，但她仍然没有睁开眼！

"啊，老鼠退了，我们快走！"火星王子拉过月亮公主的手，舒了一口气，不过他警告月亮公主不要睁开眼，而只叫她拉紧自己的手，因为那堆鼠尸会叫她恶心死的。

但是很快他就感觉不对，定睛一看，无数的大老鼠已经不顾一切地冲了过来。火星王子别无选择，他连开两枪打死两只老鼠，拉着月亮公主转身要逃。

身后的老鼠更多。它们的小眼睛放着仇恨幽光。它们张着丑陋的尖嘴，挺着长牙向他们扑了过来。火星王子来不及思考也无从选择，射光了枪里的所有子弹后，抱着月亮公主跳进了污浊腥臭的排水渠中……

夜晚，火星王子和月亮公主躺在海边的沙滩上，清朗的月光洒满海面沙滩，还有他们的身体，这叫月亮王子又想起了他们在月亮上度过的那段短暂而美妙的时光。

他又想起了留在异域时空的蓝小蔚！想起那个蓝小蔚。他尽量稳住心神，慢慢清理这两天发生的事。他想不到老何会是"组织"的人，并且还是个指挥官；他更想不到"救世军"指挥官老何竟然会是警察的卧底。

而最让火星王子想不到的，还是今天竟然又会见到了蓝小蔚。这个蓝小蔚跟他几天前还在一直寻找的幻影"蓝小蔚"一模一样，莫非她也只是个幻影？

"今天那个'蓝小蔚'是不是又是你弄出来的?"想着，火星王子不禁脱口问出一句。

躺在他怀里的月亮公主白了他一眼，懒得说话。尽管在海里泡了一个多小时，可她依然能闻到自己身上满是下水道的气味，而闭上眼，蓝梦酒吧那种蛇形怪物和下水道中的大个老鼠马上又会向她袭来。她觉得自己真是给吓坏了。

火星王子明知今天的"蓝小蔚"不是月亮公主所为，所以也用不着月亮真的回答自己。

"他真的会是警察吗?"半晌，火星王子又自言自语一句。

月亮公主说："好烦人，别去想了，好好抱我一会儿，好累!"

火星王子更紧一些抱住她，但他的思绪却像一匹脱缰的野马，根本停不下来。

他说："'救世军'暴乱，要控制整个地球，那会是真的么？他为什么要我们去报警？他为什么要相信我们?"

"你真笨，他快死了，跟前没有第三个人，相信不相信他也只能让我们去报警了……至于什么暴动不暴动的，跟咱们有什么关系……哎你说要是'救世军'真的控制了整个地球，那这个世界该会是什么样子?"

月亮公主本来是随口说说，谁知火星王子心中一抖。他激灵一下推起月亮公主说："不好，咱们应该马上去报警"。

"我们凭什么要去?"

"你想想,如果真的让'救世军'控制了,地球会是什么样子?"

"那时他们想要杀谁就杀谁,而且不用暗杀,他们想要人们怎样人们就得怎么样,容不得半点反抗!"

"没错,而且我担心会比我们想象的还要严重,既然我们知道了,而且又受老何之托,我们就不能漠视不管!"

听他这么一说,月亮公主也明白了问题的严重性,"咱们马上去报警吧!"

站起来的月亮公主又恢复了往日英姿。

来到警察总局,按着老何的嘱咐,他们没有向别的警察透露来意,而只说要马上见到警察总长。值班警察见他们面色凝重十分迫切,便直接跟总长做了汇报。

二十分钟后,火星王子和月亮公主被带到了总长办公室。

警察总长是个相貌威严庄重的中年男人。他叫下属们出去后才叫火星王子他们开口。火星王子和月亮公主把老何的话转述了一遍,警察总长显然很有些吃惊,他问火星王子两人的身份,火星王子说:"我们是做什么的不重要,不过我们说的都是实话,如果需要我们愿意配合!"

警察总长上前看看两个人,又拍拍火星王子的肩说:"年轻人,你叫火星王子,她叫月亮公主对吧?"看两人意外吃惊,他微微一笑,"不用奇怪,别忘了我的职业,警察不会真像有些人想象的那么无能——不过不管你们是什么人,我都要代表全城市民——不,是全球人类感谢你们!你提供的情况太重要了,从某种意义上说,是你们挽救了整个地球!其实我们一直在监视这个组织,也掌握了大量他们进行恐怖颠覆行动和反人类的证据,本来准备最近收网,没想到他们的行动提前得这么早,看来他们已有所察觉,老何是好样的……这样吧,你们回去等候,需要时我会马上联系你们——你们的这个消息暂时不要向任何人透露!"

告别警察总长出了警察总局，火星王子和月亮公主叫了辆车。可是就在车刚刚开动的那一刻，火星王子却突然叫停。没等车停稳，火星王子就已经下了车，又向警察总局门口跑去。

"火星，你怎么了？"月亮公主追过来，望着站在警察总局门前发呆的火星王子关切地问。

火星王子没有说话，只是说句："没事，走吧。"

"我看见她了……"车子走了一会儿，火星王子忽然轻声说了句。

"谁？她——蓝小蔚？"

"对，车子开动的时候，偶然一回头，我看见她正向警局门口走去，可是当我下车追过去时，却根本不见她的影子……"

月亮公主撇了嘴，酸溜溜地说："哼，肯定是你总想着她，所以才出现的幻觉！"

火星王子一脸疑惑地摇摇头，没有再说什么。他肯定刚才自己并不是什么幻觉，蓝小蔚肯定在警察总局门口出现过，他不能断定的是这个蓝小蔚到底是一个真实的人，还是又一个幻影……

好久听不到月亮公主开口，扭头，火星王子看到她脸上又挂上了两颗晶莹的泪珠。他心里一颤，不由伸手把她揽进了怀里，又轻轻给她抚去泪水，然后附在她耳边说："对不起，都是我不好，原谅我……"

月亮公主轻轻掩住了他的口："你没做错什么，都是我不好，我也不知是怎么了，不许笑话我啊！"

经她这么一说，火星王子忽然发现近来月亮公主也变得有些多愁善感起来了。

回到公寓，两个人没再多说什么，只是有些累，还有如释重负的感觉，两个人倒在床上，互相拥抱着很快就睡着了。

忽然，火星王子听到有人轻轻呼唤自己的名字，那是蓝小蔚的声音。他悄悄起来来到窗前一看，空旷寂静的马路上站着一个白衣女孩，她的忧郁正在感染着这个夜晚……火星王子看见蓝小蔚在向他招手，火星王子听到蓝小蔚在不断召唤，他看看月亮公主正在酣睡，便悄悄出屋下楼，出门一看，"蓝小蔚"已经走了好远了。火星王子要叫，可张嘴却发不出声音，他只好追了过去。"蓝小蔚"越走越远，火星王子越追越近。终于，"蓝小蔚"被他赶上了……正在这时，"蓝小蔚"突然停了脚步。火星王子也停住了脚，在"蓝小蔚"身后无声地呼唤着。在他的千呼万唤下，"蓝小蔚"终于缓缓地向他转过来，转过来……"蓝小蔚"终于把一张脸完整地送到了火星王子眼中，一见那张脸，火星王子不禁惊叫一声退出了好几步———一袭白衣的"蓝小蔚"，却有着和月亮公主完全相同的一张脸……

啊——火星王子惊醒过来，才知这是一个梦。未待他再次回味梦中的情景，突然他侧耳倾听起来——有一种极其轻细的声音引起了他的警觉。

这时有人轻轻握住他的手，是月亮公主，火星王子明白，月亮公主也已经发现了异常。

夜不是特别安静，街上有车声，有从远处飘来的断续的歌声，还有不知从何而来的微弱嘈杂，所以那种极细微的声音几乎可以忽略不计。但是对于火星王子和月亮公主，忽略了哪怕一点点异常后果都有可能是致命的，今夜也不例外。

过了一会儿，床上的火星王子和月亮公主已经没了动静，也许他们太累了又睡着了，也许他们的敏感程度已经大大降低了。

终于，窗上的玻璃出现了一个圆洞，然后窗子被无声地打开了，两个黑衣蒙面人无声地跃了进来。

火星王子和月亮公主依然没有察觉，因为这是客厅，而他们都睡在卧室的床上。

蒙面人无声地上前，缓缓地推开了卧室的门。他们看见床上被子中睡着两个人，虽然室内很黑，但他们依然看得见，因为他们都戴有夜视镜。

子弹毫不迟疑地射出，连声音都没有，打在被子上的声音也是软绵绵的。

但每枪都致命。

停止射击之后，一个蒙面人用万能表射出一柱强光，他要上前看个仔细，另一个则挥枪对准床上，防止目标活过来。

被子撩起的瞬间，两个蒙面人一愣，他们明白上当了——被子里除了包着两个枕头，还有一条折叠起来的被子。当然枕头和被子都已经多处中弹，如果它们曾经活着，那现在死定了。

可惜它们不是两个蒙面人的目标，而且现在两个蒙面人已成了别人的目标：他们的头部同时遭受打击，并且同时昏了过去。

一分钟之后，火星王子居住的公寓楼传出了爆炸声。

两个蒙面人醒过来时依然是在一个房间内。不过他们凭直觉判断这已经不是火星王子的住处，而是另外一个房间了。

"你们是什么人？"问话的是火星王子，而一般情况下喜欢充当提审员的月亮公主此时则懒洋洋地抱着火星王子的一只胳膊，还把头歪在他的肩上，蒙面人怎么看她怎么不像一个手狠枪快的粉面杀手，他们很怀疑她是邻家的二丫头。

"问你们话呢，装什么傻？"月亮公主见他们直盯着看自己，禁不住眉眼带笑地柔声嗔怪。

两个蒙面人此时不再蒙面，但他们却不开口。

月亮公主来了气。她放开火星王子的胳膊，站直身子，背过手去，走到坐在地上的两个蒙面人面前，用靴尖温柔地抬起那个长脸男人的下巴问："你是'救世军'吗？"不待长脸男人回答，她就自我否定了自己的问题，"不，你不像'组织'的人，所以你不是'救世军'！"

"那么你是什么人？"月亮公主又问。

长脸男人还是不回答。

"那么你说，小弟弟，你要表现得比他乖点哦！"月亮公主放弃了长脸男人，转而对旁边那个较老较黑还有络腮胡子的男人提问。提问的同时她还蹲下来，用手轻轻揪了揪他的胡子并赞叹一句，"有胡子的男人就是酷！"

络腮胡子也不说话。月亮公主有点不耐烦了："你们两个大男人怎么这么腻歪？知道么，刚才不是我们救你们出来，你们就被炸死了——你们的主子也太黑心了，让你们来杀我们，然后还要把你们一起炸死，为这样的人卖命多不值得？还是归顺我们吧，我们历来都是以德报怨，这一点地球人都知道！"

长脸男人和络腮胡互相看看，虽然很吃惊，却又是一副不相信的样子。月亮公主踢了长脸男人两脚喝令他起来跟自己走。

月亮公主把长脸男人带进一个没有开灯的房间，又很不友好地把他推搡到窗前说："好好看看吧蠢货，你是不见棺材不落泪！"

长脸男人一看，对面那幢公寓果真在燃烧，有消防队正在救火。他当然认得出，那幢公寓就是他和络腮胡子刚刚潜入的那幢公寓，着火的房间就是刚才他们开枪杀人的那个房间。

长脸男人被押回来后，面色很难看地看看络腮胡，微微点了点头。

"怎么，还不肯说？"月亮公主不耐烦了。

两个男人低着头不说话。月亮公主眼中寒光一闪，已经拔枪在手："想死，姑奶奶就成全你们！"

火星王子欲言又止。

月亮公主把枪抵在了长脸男人的头说："我数七个数，不说就开枪——七、六、五……"

长脸男人头上渗出了细汗。

"别、别、别开枪，我说、我说……"长脸男人终于扛不住了，他说他们是职业杀手，有人出高价要他们刺杀火星王子和月亮公主，别的他们什么都不知道。

月亮公主对长脸男人的话半信半疑："我不信！要真是这样只能是

'救世军'派你们来的，可是'救世军'有的是杀手，藏头掖尾又不是他们的风格……这样，我押你们去找'救世军'对质……"

"不，不要……"月亮公主话没说完，长脸男人和络腮胡就一起摇头。看来他们对"救世军"很是畏惧。

月亮公主冷笑一声："看来你们也都知道'救世军'的厉害——你们越怕，我越要带你们去！"

这时一直不说话的火星王子说话了："我看还是把他们交给警察吧！"

"为什么？"月亮公主不解。

"因为，他们两人就是警察！"

"什么？"月亮公主大为意外。

"你怎么知道？"长脸男人这句话问出口立刻又后悔了，因为这等于承认了他和络腮胡的身份！

"因为老何告诉过我们，警局里有内奸，而他们不是职业杀手，又不像'救世军'的人，别人又没有理由来杀我们，所以；他们只能是警察！"

月亮公主连连点头，直夸火星王子说得有理，她的眼中满是钦佩和骄傲——当然她是为她的火星王子而骄傲。

火星王子对月亮公主谦虚地微笑点头，又冷静地追问长脸男人和络腮胡是谁派他们来的，他说如果不说，他就把他们交给警察，那他们肯定死路一条，警察中的内奸定不会再让他们活下去，而如果他们如实说了，他可以放掉他们。

长脸男人和络腮胡互相看看，终于选择了后者。他们称是警察总局特别行动组的，这次派他们来的是组长。

"内奸肯定是你们组长?!"月亮公主愤怒地说。

火星王子沉思着，半晌后说："你们可以走了，能不能活着离开这座城市就靠你们自己了！"

"真要放了他们？"月亮公主有些不甘心。

"让他们走吧。"

月亮公主为他们扯开绳子，又踢了他们两脚，骂声"太便宜你们了"。

火星王子和月亮公主肯定是比长脸和络腮胡更先一步离开的那幢楼，因为他们不是走的楼梯或者电梯，而是从楼顶直接跳到另一幢大楼的。

他们在街角用公用电话跟警察总长又一次取得了联系——幸好警察总长给他们留下了自己的电话。火星王子说他已知道了谁是警局的内奸，他叫警察总长半小时内赶到他指定的地点，而且只能是警察总长一个人，这个消息暂时不让任何人知道，否则会打草惊蛇。

半小时后，天刚好亮起来！警察总长的车子赶到了海边。一个人。

海边并不见人等着他，但总长很快就在海滩的一块礁石上发现了一张用石头压着的字条，字条指示他戴上字条旁边的微型通讯器。

警察总长戴好通讯器之后，里边立刻传来了火星王子的声音："总长，谢谢你能来，现在我们已经查到了内奸是谁！"

警察总长说："那是好事，为什么还要躲躲藏藏的？"

火星王子说："怕你杀死我呢。"

"杀死你们？我为什么要那么做？你怎么会这样想？"警察总长很意外。

"因为你就是那个内奸！"火星王子说得直接干脆肯定。

"年轻人，虽然你说话的方式很吊胃口，但我不喜欢。我还有许多工作，如果你喜欢恶作剧，现在时间地点都不适宜！"警察总长很意外，但也很镇定。

对警察总长的镇定火星王子大概有些意外，沉吟了片刻他又说："你能装，如果演戏肯定火，可惜你没有机会了，因为你的同伙已供出了你！"

警察总长不是长脸和络腮胡，他没有说"他们怎么会知道"，也没有问是哪个下属，而是摘下通讯器向他的汽车走去。

但是身后有人冷静地命令："停下，否则我会开枪的，你应该知道，我曾是'救世军'的杀手，不论对谁都不会心慈手软的。"说话的是火星王子。

警察总长很配合地停下来，并主动举起了双手。

火星王子说："你说你不是内奸，那你告诉我谁是内奸？如果你说不知道，你不是同伙，最少也是失职和无能！"

警察总长稍稍沉默一下，终于说："是特别行动组组长，你们昨晚告诉我之后，我很快就调查出来了，我喜欢不动声色地制服对手——这件事还在保密阶段，现在透露为时过早，不过我相信你们！"

火星王子松了一口气："和我们怀疑相一致——对不起总长，我知道不应该怀疑你，可情况太复杂，我也是没办法。"

警察总长慢慢转过身来，他看到站在身后的火星王子手里并没有枪。他非常严肃地说："不要怀疑我们的能力！行动马上就要开始了，我得赶快回去！"

"可是我不明白，内奸为什么要除掉我们？"警察总长手拉车门时，火星王子突然问了句。

"因为你们知道了他们的秘密，这没什么好奇怪的！"

"可是我奇怪的是，你也知道他们的秘密，他们为什么没有对你下手？"

"这，这……"警察总长突然结巴了。

"你看，你既知道谁是内奸，又知道'组织'的行动计划，还知道内奸派人杀我们，你知道的比我们知道的多，他们并没有对你怎么样啊？还有，你既知道他们要杀我们为什么不派人保护或通知我们呢？"

警察总长不说话了，他放下去拉车门的手，沉思着。

火星王子等待着。

警察总长终于慢慢开了口："我没有骗你，特别行动组组长确实是内奸！"

"怪不得'救世军'可以胡作非为那么猖狂，原来警局里有他们的保护伞！

那么你呢，你还是不承认自己也是内奸吗？"

"我也是，不过我是昨天刚刚成为内奸的。准确说就在你们向我报告之后和我即将对内奸动手之前……"

"你为什么要这样做？"

"人吗，特别是优秀的人总要经常面对一些考验，比如说生命、比如说权利、比如说美色……有时我们不得不经常进行选择，尽管这种选择会让我们痛苦……你知道，就在昨天之前，我还是一名优秀的警官，但是今天……"他的声音忧伤而兴奋。

火星王子沉默了，他不知说什么了。

警察总长慢慢转过身来。转过身来时，总长的手中已多了一只小手枪。

枪口突然对准了火星王子。

火星王子不躲不闪不说话，也没有掏枪。

"年轻人，如果做警察你一定非常优秀！可惜你做了杀手！如果杀手一直好好做下去，你也不会死得这么快……"

枪声响了，是同时响起的两枪。

警察总长倒下了，火星王子却依然好好地站着，因为那两枪全部打在了警察总长身上，而且两枪都是致命的。

"那一枪是谁开的？"火星王子身后跳出了月亮公主，她自己照例只开了一枪，而火星王子手里没有枪。

"哈哈，那一枪是我开的！"

这句话是回答月亮公主的，但火星王子听了却觉得十分刺耳，又有似曾相识的感觉。

"啊，'总统'，是你?"月亮公主虽然从未亲眼见过"总统"，可对"总统"的声音再熟悉不过了。

"你在哪"? 月亮公主四下寻找着。

火星王子和她一样找不到一个人影。

"哈哈哈，无名，超一号，我'回家'等你们，赶快'回家'吧，'家'的大门永远向她的儿女敞开着!"

说完这句话，那位只闻其声不见其人的"总统"连声音也没有了。

已是中午，火星王子和月亮公主站在海边，仍然不知何去何从。他们不会再回到"组织"，那里已永远不是他们的家! 他们也不想再去告密，因为他们不知应该相信谁，他们不知有多少高官已被"组织"收买。他们原以为"组织"之外的世界是个美好干净的世界，但现在他们觉得，这个世界到处都有污浊和阴谋，不管是"组织"里还是"组织"外——这一点是叫他们最痛心甚至是绝望的。

太阳偏西时，远处忽然传来一声熟悉而又急切的呼唤:"火星，月亮，救我!"

火星王子和月亮公主寻声望去，却见远处一个白衣女孩正在努力向他们跑来，边跑边扬手呼救。

毫无疑问，这个女孩一定是蓝小蔚。

火星王子和月亮公主毫不犹豫地飞身抢救。但是他们晚了一步，蓝小蔚身后那辆汽车追了上来，并把她抓进车里，扬长而去。

火星王子和月亮公主飞跑追赶。尽管距离越来越远，可他们都没有气馁，更没有放弃。

就在那辆车快要逃出他们的视线时，一辆跑车及时让他们截获了。

跑车一路飞驰，毫无阻碍地追到城西那些山峰之下。他们跳下车时，蓝小蔚正被一群"救世军"挟持进屋，进屋前的那一刻她还努力回头喊了一声"火星"。

而火星王子和月亮公主却被一排"救世军"挡在了外面。

"是'总统'叫我们来的!"月亮公主理直气壮。

"救世军"头目说:"进去可以,但要交出所有武器!"

火星王子交出了自己的枪,又让他们搜了身,然后叫月亮公主留在外边。月亮公主撇撇嘴,一语双关地说:"留在外面我能放心你么?"说完她也交出了自己的枪。

他们终于走进了那座神秘的建筑,虽然很不情愿,但似乎真有一点回家的感觉!

眼前很黑,然后突然亮起来。亮起来之后,火星王子和月亮公主同时惊呆了——只见在那高高台阶之上,一个白衣圣女正端坐宝座之上,居高临下地望着他们。

这个白衣圣女不是别人,就是比他们早进屋一步的蓝小蔚。

这就是一直在寻找的那个蓝小蔚——火星王子一眼认定!

第八章
殊死搏斗

"小蔚，是你，是你吗?"火星王子又惊又喜。

月亮公主却是大为意外。

蓝小蔚不说话，只是面带神秘微笑着走下了宝座，然后又走下高台，来到了他们身边。

月亮公主上前摸了摸，对火星王子点了点头，告诉他这个蓝小蔚是个实实在在的人，而不是一个虚幻的影像。

蓝小蔚淡淡地开了口："我是蓝小蔚，可我不是你们在寻找的蓝小蔚!"

火星王子赶忙说："我知道我知道，月亮都告诉我了，我知道我找的那个是假的，而你是真的!"

蓝小蔚突然笑了起来："我当然是真的，但我仍然不是你们认识的那个蓝小蔚!"

火星王子和蓝小蔚面面相觑，一时都不明白蓝小蔚话中的含义。不过，还是月亮公主反应快一步，突然叫了一声："啊，你是说蓝小蔚有两个?"

蓝小蔚点点头："你比他聪明，但是你说错了……"

"错了?"

"是错了，因为蓝小蔚不是一个也不是两个，而是三个——还不包括你的那个影子!"

"三胞胎？"月亮公主和火星王子同时问。

"又错了！"蓝小蔚脸上浮现出很得意和嘲讽的笑意，"是双胞胎！另一个是个复制品，也就是你们所说的智能人！"

原来是这样！

"那你是哪一个蓝小蔚？"火星王子已经猜到这个蓝小蔚是什么人，可他这是抱着一丝侥幸。

"我当然是一个超人，也就是你们所谓的智能人——我怎么会是一个像你们一样愚蠢的人呢！"

"你凭什么说人类愚蠢？哦，知道了，因为你不是人，你就嫉妒人，你就诽谤人——不是人是不是很痛苦？"月亮公主近乎恶毒地挖苦起来。

蓝小蔚却并不恼怒，脸上反倒现出了一抹嘲讽的冷笑："你以为人类很好么？人类动不动就动所谓的感情，因为所谓的感情，人类永远不能保持绝对的理智，干什么都腻腻歪歪拖泥带水，所以人类永远干不成大事？"

月亮公主压着火气，也是一脸嘲笑地反问："那你又干成了什么大事？"

蓝小蔚说；"你这么好奇，我可以破例告诉你——我正在干的就是一件大事——我要统治整个地球！而和一件更大的事比起来，统治地球其实又是小事一桩——统治地球之后，我要以地球为平台，向宇宙进行无止境的扩张，进而掌握整个宇宙——我有你们人类所不能有的优势——我不会死亡，我没有感情……"

没想到她的野心这么大，火星王子跨前一步沉声说："你是在做梦！"

"哈哈哈哈……说得好！对人类来说这永远是个梦，而对于我们超人来说，这个梦想已经开始变为现实了——现在地球上已有百分之七的人被我们控制了，而且这些人绝大多数都是举足轻重的重要人物……"说着她随手一指，整个一面墙壁立时显现出一幅世界重要地区图，蓝小蔚得意地告诉火星王子和月亮公主,有金星闪现的就是即将被他们控制的十个大都市。

火星王子和月亮公主看着那些的刺目金星,真感觉触目惊心,他们虽然不敢断定蓝小蔚说的百分百真实可靠,但他们也不敢排除那种可能。那一刻火星王子和月亮公主顿感千万斤重担压在了肩头——他们明白从某种意义上说,世界的未来,人类的未来,现在真要靠他们两个人来决定了。两个人互相看一眼,未发一语却已心意相通,火星王子故意做着迷惑不解的样子发问:"你不是不喜欢人类吗?那为什么你不变成狗变成猫变成猪的样子,却偏偏变成人的样子,还要变成蓝小蔚的样子?"

蓝小蔚撇嘴一笑:"在我眼里,人和猪和猫和狗没什么区别,只不过人类现在自以为掌握着地球而已。而我变成人的样子,正是为了方便从那些蠢人手中夺过地球的控制权……至于我变成蓝小蔚的样子,是因为蓝小蔚是人类中美女圣女的样子,是因为她们两个和我可以同时出现在不同的三个地方,然后我又制造出幻影,让她们随时可以出现在任何地方。迷信的人们相信这个美女圣女还是一个超女神女,从而产生敬畏而心甘情愿接受我的控制——当然还有很重要的一点,那两个蓝小蔚其实是我们自己生产的克隆人……"

火星王子又一次意外了,他还想问下去,可一时间他却不知问什么了。没想到蓝小蔚却替他想到了一个问题:"除了幻影,三个蓝小蔚一个已经死了,据说是替你死的,另一个是'组织'的最高领袖,现在就站在你们面前——难道你就不想知道第三个蓝小蔚在哪里么?"

不知为何火星王子心中一怔,他脱口问道:"她在哪里?"

蓝小蔚脸上的笑容一点点收拢,眼睛也变得尖利起来。她逼视着火星王子:"你真的不知道那个蓝小蔚哪里去了?"

火星王子点点头。

"你真的想知道?"蓝小蔚向他逼进了一步。

火星王子不知为什么心里发虚，而且前所未有地退后了一步。

但火星王子仍然坚定地问了一句："她——到底怎么样了？"

"她死了——被人杀死了——杀死她的那个人不是别人，就是你！"

蓝小蔚话一出口，火星王子没有震惊，甚至没有变脸色，他只是有些茫然地望着蓝小蔚，仿佛蓝小蔚那样远那样远，仿佛他根本听不到蓝小蔚的话。

"再告诉你一遍，是你亲手杀死了蓝小蔚！好好想想，你能想得起来，你能想得起来，你能想得起来……"

"啊……"火星王子突然双手抱头，痛苦万分地大叫起来。

"别怕，我的宝贝儿，很快你就会想起来的，你会的……"

"不、不、你不要说了，我不要去想，不要不要！"火星王子头痛欲裂，眼睛血红，什么也看不到了。他像看到了一滴血，好大好大，大得染红了全世界。

火星王子快要支撑不住了，他颤抖得快要瘫倒下去了。

可蓝小蔚的话还在不断炸响在他的耳旁："快想起来，快想起来，快想起来……"

就在这时，一直在暗找机会的月亮公主再也等不下去了，趁着蓝小蔚注意力全都有集中到火星王子身上之机，猝不及防地向蓝小蔚发动了攻击。

月亮公主像一支离弦的利箭，迅疾地射向蓝小蔚。

月亮公主志在必得，她以为一击必中。

但是，就在月亮公主的双拳要击中蓝小蔚的后心时，蓝小蔚却倏然在她面前消失了。

月亮公主收势不住，双拳径直击向火星王子。

火星王子此时已痛苦不堪，根本没有意识到迫在眉睫的危险……

"啊……"月亮公主只来得及大叫一声，一幕人间惨剧几乎已不可避免。

但是月亮公主的双拳又一次落空了。

终于，月亮公主收住身形，定神急找，却见蓝小蔚已在自己身后，而火星王子正站在她身边，他的手正抓紧在她的手中。

"火星，动手！"月亮公主喊着几乎没有停顿，便又一次向蓝小蔚扑去。

火星王子被月亮公主一声喝醒，他猛地挣开蓝小蔚的手，同时对她挥起了拳头。

火星王子只是挥起了拳头，面对蓝小蔚，他却下不去手，即使明知这个蓝小蔚绝不是他寻找和认识的那个蓝小蔚，而是一个邪恶的女魔头。月亮公主则不留一丝客气，每一拳都挥向致命处。

蓝小蔚没有跟月亮公主过上两招，突然又不见了，眨眼间却又在月亮公主的身后闪现，如妖如魅。

火星王子怕月亮公主有危险，赶忙冲上前去和她并肩战斗。可是，蓝小蔚瞬间又不见了。

"会不会她还是一个影子？"火星王子对这个蓝小蔚的真实性又产生了怀疑。

月亮公主摇头："不会的，我拉过她，再说刚才你们不是还拉过手……"这么说着她还忙里偷闲瞪了火星王子一眼。

两个人正在迷惑不解，一阵冷笑又在他们身后响起。

回头一看，蓝小蔚又出现了，而且就在他们转身的瞬间，蓝小蔚的手突然暴长出将近三倍长，一下子就把月亮公主抓住了。好在火星王子此时已经恢复了状态，他飞身跃起直攻蓝小蔚要害。

蓝小蔚却已把手中的月亮公主当作武器迎向火星王子。火星王子急于救月亮公主，可又怕伤着她，一时投鼠忌器，不能尽力。

打斗一阵之后，蓝小蔚叫一声"到此为止"，另一只手则再次暴长，恶狠狠抓向火星王子。火星王子虽然有所防备，可这次她手暴长得太快。

这次没有人可以逃过，包括火星王子。

现在火星王子和月亮公主都被蓝小蔚抓在手里。她的手臂已变得很长很长，两手变得很大很大，但她脸上仍然带着微笑，只是那微笑让火星王子和月亮公主感到的不是美丽而是妖异恐怖。

"放开我们，我要见'总统'，我要见'总统'!"月亮公主边叫边挣扎，可是掐在她腰上的那只手却丝毫没有松动，反而攥得更紧了。月亮公主有些透不过气来。这时从未见过面的"总统"就成了她和火星王子的救命稻草。

更让月亮公主窒息的是蓝小蔚的一句话："我就是'总统'!"

"你胡说，'总统'是个男人!"月亮公主在蓝小蔚不成比例的大手中奋力挣扎着，但是毫无成效。

"我就是'总统'，超一号，我就是'总统'!"蓝小蔚说这话的时候，声音已是一个很有质感的男人声音了——也就是月亮公主所熟悉的那个'总统'的声音。

望着抓在自己手中的两个惊愕男女，蓝小蔚又笑了，笑得有些花枝乱颤："我曾经有两个最信赖也是最著名的杀手，他们是一对青春美丽的美少年，男孩叫无名，女孩叫超一号，我的事业能取得今天的成绩，他们俩立下了汗马功劳……"

"放开我们，我们不想听!"月亮公主叫起来。

火星王子却望着蓝小蔚，头脑中不时有电光闪现。

蓝小蔚没有理睬月亮公主，自顾说他的。"有一天，我派无名去杀死我的替身之一——就是另一个蓝小蔚，因为她有了人类的情感……要知道人的情感是最可怕的病毒，它可以让我们的超人世界，让我们的理想和事业顷刻之间土崩瓦解，所以我派出无名去杀死那个背叛者……没想到这却是我最大的失误……"

火星王子的脸色突然变得很难看。

沉寂一刻，蓝小蔚继续说："我的替身蓝小蔚感染病毒并不是太意外，因为她虽是克隆的但仍然还是一个人，让我怎么也想不到的是我的无名竟然也感染了人类病毒，他竟然想私自放走蓝小蔚，他竟然、竟然对那个叛徒产生了好感……幸好植在他头脑中的智能芯片让我及时发现了他的企图，于是我通过遥控系统强迫他开了枪……"

"不、不、不……"火星王子大叫着，他想起来那永远也不想再想起的血腥一幕——随着一声枪响，他爱慕的人，那个白衣圣洁而忧郁寡欢的蓝小蔚就像一朵莲花瞬间凋落于他的眼前，鲜艳的血瞬间染红了整个世界……火星王子那时候叫无名。无名看着自己的枪，怎么也不相信是自己开枪杀死了自己心爱的人——他本来是要带蓝小蔚逃走的，蓝小蔚本来是无比信任地向他投奔而来的……

那一刻无名懵了、傻了、呆了。他丢了枪扑向倒在地上的女孩。可是女孩白衣上的血却再次刺激了他。他嘶哑狂叫着，抱头逃走了。

从此无名消失了……

"啊，啊，啊……"火星王子仿佛置身于地狱，嘶叫起来，叫声似乎要撕碎这个伤心的世界。

"火星，别听她的，别听她的。她在骗你，你不是杀手，你没杀过人更没杀过蓝小蔚，你是天底下最善良的人……"火星王子的状态让月亮公主伤痛欲绝，她一边嘶喊着一边拼命向前伸着手，被抓在蓝小蔚另一只手中的火星王子距离月亮公主不过三米远，但无论月亮公主怎么努力，她也无法消除那段距离，那段短短的距离仿佛已把她和火星王子永远地分离了。

"放开我、放开我、放开我啊……"月亮公主几乎是在哀求了。

意外地，蓝小蔚松开了一只手。

然后，蓝小蔚又更加意外地松开了另一只手。

月亮公主一下子扑过去，抱住癫狂状态的火星王子。

火星王子依然嘶吼着，两手疯狂地打着——没头没脑的打，不分自己和月亮公主。

月亮公主没有躲闪，她只是紧紧地、紧紧地抱住火星王子，仿佛再没有什么力量能把火星王子从她怀中夺走。

"我们在一起，我们在一起，我们在一起……"月亮公主紧紧抱着火星王子，不断说着这句话。

终于，火星不喊不叫，不打不闹了，他伏在月亮公主怀里，安静得像个婴儿。

蓝小蔚的表情不再平静，她的表情变得很复杂。然后她轻轻鼓起了掌："很精彩，如果我是一个人，此刻一定已经被你们感动了……"

月亮公主和火星王子谁都没有理她，他们只是彼此紧紧相拥细细感受，仿佛全世界只剩下了他们两个人。

蓝小蔚一步步走近他们，然后站在了他们身边，很近很近。但火星王子和月亮公主仍然无视她的存在。

蓝小蔚有些沉不住气了，她无法掩饰强烈的妒忌："真像，真像两个正在恋爱的人一样……"

"当然，我们当然是人，我们是有感情的人，我们也许没有你们智能人强大有力，但我们有爱——爱，你懂吗？不，你不懂。你的软件硬件从里到外都没有爱的一个元素细胞，所以你永远体会不到爱———不管你多像人，只要不懂得爱，你就永远只是徒有其表而已……"

蓝小蔚的脸色已经变得很难看很难看，她忍无可忍地打断了月亮公主的话，恶毒地说："你以为你们懂得爱？哈哈哈哈……告诉你，你们并不懂得爱，你们不可能真正懂得爱，你们不过是中了人类的毒，你们不过是在模仿人类而已……"

"你说什么？"月亮公主没有听明白。

"我要告诉你，你也和我一样，也是个智能人！"

石破天惊的这句话叫月亮公主脸色大变，她怎么也不相信蓝小蔚的话，她以为这只是嫉妒使蓝小蔚胡说的疯话而已，她手放在自己胸口反驳说："你骗不了我，我有一颗跳动的心脏，而你没有！"

"不，我也有，不信你摸摸！"蓝小蔚说得很像真的一样。

月亮公主真的伸出手去按在了蓝小蔚的胸口上，然后她的脸色又一次变了："你也有心跳？这、这是怎么回事？难道你说的全是谎言，你并不是什么智能人，而是跟我们一样都是正常的人？"

见到月亮公主这样子，蓝小蔚脸上又现出了迷人的笑靥："我们确实和人一样有脉搏、有血液在循环，甚至可以像人一样新陈代谢，而且我们胸中也有心脏在跳动——我们的心脏就是我们的中枢系统，相当于人的大脑和心脏功能的总和……因为我们是超级智能人，所以我们酷似逼真很像很像真的人，逼真得足可以以假乱真，但我们仍然只是一个仿制品而已，我们甚至连克隆人这样的复制品都不如……"蓝小蔚说着，竟不知不觉现出了悲哀和无奈。

月亮公主没有注意蓝小蔚语气与表情的变化。她只是无论如何不肯相信自己是个智能人。

蓝小蔚说："你发现自己腰间有个印迹吗？"

月亮公主说："有又怎样？那是我小时碰破留下的痕迹！"

蓝小蔚没有说什么，只是转过身去，脱下自己的白裙，现出了晶莹如玉的上半身。

月亮公主吃惊地发现，在蓝小蔚腰间和自己相同的部位处，也有一个像纽扣大小的小小疤痕。

"怎么你也有？怎么会这么巧……"

"不是巧合！"蓝小蔚的手按向自己的疤痕，片刻之后，她的疤痕处现出了一个规则的孔洞。

月亮公主惊悸得后退一步，眼睛瞪得老大老大。

"这是补充能量用的，每个智能人都有，只不过我们可以随时通过阳光自然进行补充，不到紧急情况下不会用到这个插孔——把你的手按在你的疤痕处，心里默想着打开打开打开……"

"你骗人，鬼才相信你的话！"月亮公主嘴上这么说着，手却已不由自主地伸到后面，然后神情万分紧张闭上眼，嘴里默念着什么。

火星王子近乎痴呆地望着她。

突然，月亮公主倒吸一口冷气睁开了眼，嘴半张着，脸色比死人还难看。

虽然没说一句话，但月亮公主的表情已经证明蓝小蔚的话在她身上应验了。

世界在那一刻变得暗淡无光。

这时，火星王子走上前，拉过了月亮公主的双手，望着她的眼睛说，"月亮，没关系，不管我们是人还是智能人，都没有关系。只要我们有一颗爱心，就证明我们和她不是一样的人！"

月亮公主痴痴迷迷地问："真的么？你说的是真的么？"

"当然是真的，月亮！我们还会像从前一样，没什么区别，没有！"

"有，有的，我一直以为自己是一个人，一直！"月亮公主说着哇的一声哭了出来，"怎么会这样，怎么会这样……"

火星王子抱着她，轻轻拍着她，轻柔地说："月亮，好月亮，我们在一起，这比什么都重要——你看，她在笑咱们呢，她就是想看咱们的笑话，她不会达到目的的！"

伏在火星王子怀里的月亮公主很快止住了哭。她抬起泪眼，望着火星王子的眼睛，带着哭腔说；"我爱你，从第一次见到你时我就爱上了你，可你却不爱我——是不是你没有我中的毒深？"

火星王子真诚地说："不，我们中的毒一样深，我一样爱你——现在我比任何时候都更清楚这一点！"

"可你从没说过爱我，从没说过……我要你说，要你说嘛……"月亮公主分明已在撒娇了。

"好，你听着"，火星王子凝视着近在眼前的这张脸，郑重地说："月亮公主，火星王子爱你，很爱很爱你。现在我正式向你求婚，你是我永远的爱人，有一天我要把你娶回家！"

刚才还悲痛异常的月亮公主此刻已幸福得浑身颤抖，无以言表，她又哭泣起来。

然后两张青春的脸紧贴在了一起，两团青春的火焰燃烧在了一起！

蓝小蔚冷笑起来，摇着头阴阳怪气直叫可惜。见那两人没有理她，蓝小蔚便又自顾开了口："如果你们都是人，我几乎要为你们高兴了；如果你们都是智能人，我也可以为你们祝福的，可是现在我只能为你们惋惜和遗憾，因为你们两个虽是异性，但也是异类，也就是说你们一个是智能人，一个却是真正的人……"

啊！蓝小蔚的话让火星王子和月亮公主同时浑身一震，如遭电击，他们不由自主的分开来，惊愕地看看对方，再望向蓝小蔚。

蓝小蔚终于知道了什么样的武器对相爱的人才是最致命的，那就是让他们不能相爱！她轻松地吹了个口哨，接着讲故事："你，过去叫无名，现在叫火星王子，不管叫你什么，你都是一个真正的人。你本来是人类的弃婴，我本来想拿你做个实验，我在你体内植入了一些东西，没想到误打误撞，你竟然成为我的超一流武士，你虽然体内有些智能元件，但你还是一个实实在在的人。你既是一个实实在在的人，也是我再造出来的超常的人……"说着，蓝小蔚走近火星王子，很自然地伸出手，轻轻抚摸着火星王子英俊的脸颊、坚挺的身躯，像在欣赏自己亲手烧制的一件瓷器。

火星王子没有阻止、没有躲避，只是直视着蓝小蔚。他的眼睛已经重新明亮锐利起来，似乎要看透她的内心。

蓝小蔚是一个智能人，应该没有心，可她却避开了火星王子的目光，放开了他的手，又来到了月亮公主面前："你曾同他一样优秀，可惜你们都背叛了我……更可惜的是你为了他而背叛我，到头来却什么也得不到，因为一个人是不会爱上一个智能人的，就像一件珍宝和一件赝品是永远不能够相提并论的……"

"你太残忍了，你为什么要告诉我这些？你为什么不直接杀了我！"

月亮公主绝望地喃喃地说着。

"我当然要杀掉你们，不然我为什么一直派人去追杀你们？开始我只想找回你们，为你们杀毒。那时，我还舍不得杀掉你们。你们还应该为我做许多事才对得起我。可是，当我发现你们已经死心塌地背叛时，我恨不得马上杀掉你们。你们活着不仅是我的耻辱，而且也是我的威胁——但是后来我又一次改变了主意。我决定把你们找回来或者把你们逼回来，我要亲自结果你们，我要杀一儆百，我决不允许今后还有人敢于背叛我！这几天因为我要全力以赴发动总攻，所以想等夺取了这个世界控制权之后再处理你们，我以为你们除了背叛，不会有别的危险，但现在我知道你们很危险，因此我要提前解决你们，让兄弟姐妹们这个时候看到叛徒的下场，效果也许更好一些！"说着她的眼中射出了瘆人的寒光。她警告火星王子和月亮公主，"反抗只会让你们死得更惨！为了对付你们俩，这段时间我又一次改造了自己——隐形、怪手，还有你们没有见识到的，我这样做就是为了对付你们两个！"

说完蓝小蔚转过身去，一阶阶走上去，重新坐到了她那高高在上的座位上。

这时火星王子突然明白了——那晚从警察总部出来时，他见到的不是幻影，就是这个要去腐蚀收买警察总长的蓝小蔚，不过蓝小蔚发现自己被他发现时就及时隐身了。

"可是你为什么打死警察总长呢，他不是已经被你收买了吗？"火星王子忍不住问。

"因为我要他办的事他都办好了，而他还想得到他不该得到的，所以他该死。还有，我也不能让他杀死你，我要亲手处决你，在'家'里杀死叛徒。"说完这句话，蓝小蔚按了一下她的座椅扶手，这所圆形建筑的墙眨眼就消失不见了，取而代之的是好多好多的人。

原来，火星王子和月亮公主一直被好多好多人包围着。

那些人有男有女，有老有少，有的平常普通，有的奇形怪状。那里面应该有人、有克隆人、有智能人，甚至还可能有外星人，但好多人混杂在一起，谁也分不清他们都是些什么人。

月亮公主望望那些人，有些神情恍惚。火星王子再次走上前拥住她，在她耳边轻轻地说："别怕，我们在一起！我猜那些人并不在这里，但他们可能能够在看着我们——这里的墙其实都是屏幕，只是影像逼真而已，就像你让我看到的那个蓝小蔚……"

月亮公主像个累坏的孩子，静静地伏在火星王子怀里，闭着眼喃喃说："我上当了，我还是太不了解爱——我想真爱是没有界线的，它可以超越时空，也可以超越人与非人——你说是吗？"

"当然，当然——我们在一起，我们在爱着，这就够了，此时此刻这就足够足够了，其他的一切都不重要！"

火星王子笑了，月亮公主笑了，花儿重新绽放，太阳重新灿烂，天空重新晴朗，幸福重新回到了爱人身边。

即使短暂的不过三秒，那也已是永恒了。

"好了，现在你们的爱情结束了，你们的末日降临了！"蓝小蔚像一个圣女，语句里充满怜悯和慈祥。

"我的火星，你怕死么？"月亮公主不理蓝小蔚，歪过头来问自己的爱人。

"和你一起死，就像和你一起生，都是无比幸福的事，我怎么会怕呢？我的月亮，你怕吗？"

"不，我想和爱人一起死，和爱人一起死，比没有爱的活要美丽一千倍，幸福一万倍！"

尽管他们说得很轻很柔，可还是瞒不过蓝小蔚。她依然笑着，但话却像一支毒箭向他们射来："死是一定的，但我不允许你们一起死，我要你们一个看着另一个死，怎么样？大家看看吧，这两个中毒的背叛者，正在承受多大的痛苦……"

但是这次蓝小蔚的话没有应验，或者说她的希望落空了。火星王子和月亮公主并没有痛苦的表现。他们依然幸福地拥抱在一起，深情地凝视着对方。

蓝小蔚莫名其妙地发火了："你们马上就要死——你们马上选择，哪一个先死！"

月亮公主说："不用选择，火星是个男人，当然应该先走一步！"

"不，女士优先，还是月亮先走一步！"

望着这一对恋人，蓝小蔚大感不解，然后大笑起来："哈哈哈哈，刚才一个'爱'字让你们恨不得化成一个人，怎么到了一个'死'字上就都往后退了——什么情啊爱的，都不过是假的……哈哈哈哈……"

月亮公主轻蔑地说："你懂得什么？你这种人——对了，你不能称为人，甚至不能称为生物，你怎么能懂得爱呢？你不知道，亲眼看着爱人死去，那是比死还要可怕万倍的折磨和痛苦，所以我的火星要我先死，然后他来承受痛苦和折磨——懂了吗？你这个不是人的东西？哈哈，你不会懂，充其量你就是个人形机器而已……"

蓝小蔚的嘴都气歪了。她忽地站起来，可是片刻之后就觉得失态了。她又重新坐了下来，勉强挤出一丝笑："死到临头还不改你这张尖嘴，那我就成全你，让你先死，让你的爱人饱尝痛苦！"

月亮公主猛地推开火星王子，毫不畏惧地跑上高高的台阶，站在蓝小蔚面前，指着她的脸说："如果你不让火星先死，我先杀了你！"

蓝小蔚不动声色："第一，以我现在的能力，你根本杀不了我。第二，是我制造了你，如果你没有中毒，按我们智能人的规则被制造者是不能加害制造者的，如果你真的中了毒，那按人类的道德伦理我就等同于生你养你的父亲母亲，你更不能杀我！"

月亮公主张口结舌说不出话来，因为不能说蓝小蔚说的没有道理，甚至不能反驳她。她转着大眼急切地打主意，可是蓝小蔚却又突然一笑："好了，现在我改主意了，也许是被你们崇高的爱情感动了吧——我叫他先走，现在你可以去跟他告别了！"

"真的?"月亮公主欢叫一声却早已像一只火红的燕子向台阶下飞去,向爱人身边飞去。她的脸上带着笑,她的脸上带着泪,因为她马上要跟爱人诀别,因为她马上就要亲眼看着爱人永远离她而去。

火星王子张开双臂迎上去,要去拥抱向他飞来的爱人。

火星王子和月亮公主像两只孤单的鸟,不顾一切地要投入对方的怀抱。

但是就在他们就要抱到一起的那一刻,月亮公主突然踉跄一下,然后身体一下子燃烧起来。

"月亮!"火星王子痛喊一声扑向月亮公主。

刚才还鲜活生动的月亮公主转瞬消失了,就消失在爱她的火星王子面前。火星王子依然大张着手臂。他好像不相信,他的怀抱已经成了永远的空虚,他好像觉得月亮公主随时还会跑过来投入他的怀抱。

"这就是背叛者的下场,你都看到了吧?"蓝小蔚的声音有些虚、有些远。

火星王子收拢了手臂,望着地上那一堆冒着余烟的残骸,默默站了片刻,轻声说句:"月亮,等我!"说完便抬起头,一步步走上台阶。

站在蓝小蔚面前,火星王子沉重冷静得像一座冰山。蓝小蔚感受到了浓重的杀气,身不由己地站了起来。

"我想后死,一是不想让月亮痛苦,二是我要为她报仇!"

蓝小蔚稳稳心神,慢慢说:"你没有杀死我的把握,而且你也不能杀死我,是我养大了你,按你们人类的说法,起码我该是你的养母!"

火星王子没有说话,因为他同月亮公主一样不能否定蓝小蔚的说法。

蓝小蔚慢慢走向前,凝视着火星王子,眼中渐渐闪烁出一种奇异的色彩,可慢慢地又熄灭了。

"告诉我做人真的很好吗?"半晌她轻轻说了一句,像是在问,又像是在自言自语。

火星王子没有回答。

蓝小蔚仍在说着："可我看到人很痛苦，要爱、要恨，那是一种什么样的滋味？"

火星王子突然开了口："你也中毒了！"

"什么？"蓝小蔚惊愕地望着他，那种神态像极了火星王子以前认识的那两个蓝小蔚。

那一刻，火星王子的心中突然一颤。

但他还是继续说下去："我知道你也有了人类的情态——傲慢、野心、嫉妒、虚荣……"

"你胡说，我怎么会？"蓝小蔚大笑起来，但她笑得很心虚。

"你所做的一切都说明你已经中毒了，而且你感染的都是人类的缺点和丑恶，所以你比所有的同类中毒都深。你杀掉月亮，只不过想掩盖这一点，现在你也可以杀掉我了——杀掉我就没人知道你也已经中了毒——动手吧！"

"不，不，你胡说，我没有，我没有……"蓝小蔚控制不住地叫了起来，脸色变得非常难看。

火星王子并不住口："你心虚了，你害怕了。如果你不心虚，你不害怕，你叫什么喊什么？你害怕你的内心被别人知道，你害怕自己有一天控制不住自己而背叛你自己创造的组织。你害怕，但你无法控制自己，因为你生活在地球上，地球是人类的地球，人类永远不能变成冰冷的机器，相反，机器却会被人类所同化……"

"啊……"蓝小蔚突然抱头叫了起来，"求求你，求求你，别说了，别说了……"

但火星王子的嘴还在不停地动着，蓝小蔚耳边像重锤一样不断响着这句话："你中毒了，你中毒了，你中毒了……"

蓝小蔚捂着耳朵跑下了台阶，但无论如何也逃避不了那个声音，因为她知道——她真的中了毒，尽管她从来不肯承认。

"啊……"随着一声尖利的嚎叫，蓝小蔚的身上冒出了烟，然后也像月亮公主一样燃烧起来。

"啊……啊……啊……"

随着蓝小蔚的惨叫，四周的玻璃幕墙纷纷崩裂粉碎，那些人像骤然消失得无踪无影了。

随着一声爆响，蓝小蔚成了四散纷飞的碎片。

火星王子呆了好半晌，然后慢慢来到了月亮公主燃烧的地方。他坐下去——他累了，他要和心爱的人一起睡去。

就在他要闭上眼睛的时候，他的眼睛却突然睁大了，然后重新闪烁出希望的光彩——他看到，有一颗红心在死骸中跳动着。

那是月亮公主的心，那心里面保存有月亮公主的全部信息。

火星王子伸出手去，小心翼翼捧起了那颗心。

火星王子把那颗滚烫的心紧紧地，紧紧地贴在胸口处，两颗心又热在了一起，跳在了一起。

火星王子抱着爱人的心，走出了那座阴森恐怖的废墟。

好久好久，空荡荡的废墟中突然传出了一个低哑的声音：

"我没有失败，我没有失败，我还会重建我的帝国——一定会！"

废墟中没有一个人，只在蓝小蔚的宝座后有一台被烧焦的类似计算机的超级机器。

声音就是从那个机器发出的。

蓝色鸟

"据说在蓝凤山上，有人真的发现了一只蓝色鸟……"

我对晚报上的这则新闻并不感兴趣，因为"蓝凤山上蓝鸟飞"的传说已经流传了不知多少年。没想到女儿却把它当成了真事。当我问起女儿想要什么生日礼物时，她毫不犹豫地说：想要一只蓝色鸟！

如果女儿没有患上那种可怕的病，如果女儿不是每天都在和死神抗争着，我很可能也不会把女儿的话当回事，也许会多送她一些别的礼物作为补偿，也许想办法弄到一只蓝色假鸟，甚至我会直接告诉她蓝色鸟只是个传说……但是现在我不能那么做。我该做的，就是尽我所能满足女儿的这个愿望，因为这也许是她渴望得到的最后一件生日礼物了。

"等着爸爸，爸爸去给你找到一只蓝色鸟！"深深亲吻过女儿那苍白得让人心疼的小脸后，我便踏上了寻找蓝色鸟的旅程。

堆青叠翠的蓝凤山是由一只蓝色凤凰化成的，它的羽毛化成了山上的树木花草，所以蓝凤山才会那般生机盎然绿深如海——在泛着蓝意的林海中生活着一些蓝色鸟，那些小精灵都是蓝色凤凰的后代。它们不但美丽迷人，歌声悦耳，而且还可以给世人带来好运气和好心情——小时候我还有些相信这个传说，因为那时候蓝凤山上还真的有些树，甚至还有树林，而现在，那传说仿佛说的是另外一座山，因为眼前的蓝凤山光秃秃的，几乎看不到一棵真正的树了。

没了树，即使蓝色鸟真的存在过，此时肯定也早已流离失所了。

没到蓝凤山时，我还怀揣一线希望。登上蓝凤山之后，我的希望便和山上那些曾经的树林一起消失殆尽了。但是我并没有因为看不到希望而停止寻找，蓝凤山绵延百里，也许在人们注意不到或意想不到的地方

141

蓝
色
鸟

还残存有最后一片绿林，林中还留守着最后一只蓝色鸟！当然鼓励我继续寻找的不光是这个虚无缥缈的幻想，更有女儿那双纯真而又充满渴望的眼睛。

凄凉的夜降临到了荒凉的蓝凤山。虽然我找到了一个可以栖身的山洞，但孤独和恐惧叫我无法入睡，而越是睡不着，我的耳边就越是不断回响着女儿的话：我想要一只蓝色鸟，我想要一只蓝色鸟，我想要一只蓝色鸟……

反正睡不着，不如连夜去寻找，明天就是女儿的生日了，不管怎么说，我一定要把这蓝凤山都走遍找遍，然后才可以对女儿说：宝贝，对不起，爸爸没能给你找到蓝色鸟。

可是，就在将要走出那个山洞时，我突然听到了一声亲切的鸟叫。

我心里猛然一颤，不由自主停住了脚。

侧耳听了一阵，再没有什么动静，我知道刚才不过是幻觉。可是就在我转身要再次离开时，又一声鸟鸣传进了我的耳朵。

真真切切，清清楚楚，不是幻觉，确实有鸟在叫。鸟声温柔悦耳，像是亲切的呼唤，很明显它是从洞里发出的。

进洞时我检查过，山洞拐个弯就到头了，不过我检查得比较草率，也许洞里筑有鸟巢吧。虽说洞里即使真的有鸟，也未必就是蓝色鸟，但我还是要去查看个究竟。我打着手电向里找去，一直找到洞底，也没有发现一个鸟巢。可是刚才的鸟叫声分明就是从洞里传出的啊！正当我疑惑时，又一声鸟叫传了过来，这会儿听得更清楚了，是从洞底的顶部发出的。

顺着凸凹不平的洞壁攀到六七米高的洞顶，对于我这个登山爱好者来说不是什么难事。攀到洞顶之后，我终于发现了洞壁靠顶部有个在下边难以发现的小洞，可以断定，鸟叫声就是从小洞里发出的。

小洞不大，但可容一个人猫腰钻进去，我决定一探究竟。我比较顺利地钻进了小洞中，但不巧的是手电失手掉了下去。这个小洞里边也许会有蛇或别的动物，这样贸然摸进去很危险。我正考虑要不要下去捡回手电再进小洞时，小洞里又传出了一声鸟叫。

仿佛听到了召唤，我顾不得捡回手电，就冒险向小洞内钻去。

小洞开始很低很窄，将能容我猫腰钻进去。走了十多步之后，小洞渐高渐宽，正当我直起身子准备舒口气时，突然脚下一滑，我便猛然惊叫一声坠落下去……

二

很快我就感觉不是下坠而是在上升。我的身体像一片羽毛，轻盈地飘浮起来，向上，再向上，但我始终不敢睁开眼。

有歌声传来，很快就近近地回响在了耳边，眼前也好像有温柔的光抚摸我，同时我感觉身体已经落到了柔软的草丛上。我忍不住睁开眼，发现好像真的是在白天。抬头，天上一轮纯净的大月亮正温柔明媚地看着我，而我正置身于一个美丽的山谷之中，山谷中是绿深如海的大森林。森林在月光下散发着淡淡的蓝意，而那美妙的歌声则是森林中传来的鸟鸣——那一刻我突然发现，人类的歌声没有一首可以和这里的鸟鸣相媲美。

转过头，身边守护着一位一身蓝裙的少女。她美丽优雅，清澈如水的目光里满含着聪慧和善良。那一刻，我能形容她的话语就是两个字：天使！

"欢迎你的到来，朋友，先喝点水吧！"蓝裙少女说着把一个树叶杯递到了我嘴边。

水是泉水，清冽甜美。

"这是什么地方？我是怎么到这里来的？"我四下看看，坐起来问。

蓝裙少女没有回答，却反问我是干什么的。我毫不隐瞒地向她说出了我的来由。蓝裙少女看着我的眼睛问："你相信那个传说么？你相信真的会有蓝色鸟么？"

我摇了摇了头："我希望有。我希望传说变成现实。我希望女儿能如愿得到一只蓝色鸟……可我是成人，童话和传说只是讲给孩子们听的……"

蓝裙少女没有再说什么，却亮开嗓子唱起了歌。我听不懂她的歌，那是另一种语言，是一种真正可以被称之为天籁的歌声，那歌声是我从没有听到过也无法用人类语言来形容的美妙——就像刚才把我唤醒的鸟的歌。

随着蓝裙少女的歌声，奇迹出现了——一只只小鸟从树林中飞了出来，一齐聚拢到了我身边。而这里的每只鸟竟然都是天空和海洋一样的颜色！

啊，蓝色鸟！

那一刻我激动得险些跳了起来。我不敢相信自己的眼睛，不敢相信周围的一切。我害怕这一切都是幻想出来的，或者只是一个梦。

但我还是情不自禁地慢慢伸出了双手。

直到一只蓝色的鸟落到了我的手里，直到我的一只手轻轻抚到了那蓝色的羽毛，我才相信眼前的这一切都是真真切切的，不是幻觉更不是做梦！

望着手中的蓝色鸟，我的眼前立时浮现出女儿开心的笑脸！我下意识地猛然一把将那只鸟抓牢在手里。

其他受了惊吓的蓝色鸟立刻惊叫着飞入林中不见了。

"你要干什么？"歌声停止了，蓝裙少女惊异、严肃地质问我。

"我要带回一只蓝色鸟。我不会伤害它，只是要送给我女儿，只是要让我女儿快乐！"我站起来，依然紧紧抓住那只蓝色鸟，生怕有人抢走。

　　"不行！"蓝裙少女断然拒绝了我的请求，"你只想到你女儿的快乐，你想没想过，你这样做，这只鸟儿会快乐吗？"

　　我的心猛然一颤，像被狠狠扎了一针。我大张着嘴却无法回答她的话。

　　蓝裙少女接着又说："你心里一定在说，你是人，鸟只是个鸟，强大的人就该得到一切想要得到的，弱小的鸟就该顺从人类，满足人类的需要，对么？"

　　我仍然哑口无言。

　　接下去，蓝裙少女一句石破天惊的话更加让我目瞪口呆了："我告诉你，所有的生物都应该真正平等，而不仅仅是强者的口号！我告诉你，这些鸟儿有许多都是人类化成的，许多鸟儿都曾是你的同类！"

　　"什么？鸟是我的同类？这不可能，不可能！"我当然不相信她的话。

　　蓝裙少女说："人们不是向往天堂么？能够上天堂的人，都要变成鸟——变成鸟有了翅膀才能够飞上天堂！"

　　见我仍然不肯相信，蓝裙少女说："如果你愿意，你现在就可以变成一只鸟！"

　　"真的？"我自然越发不敢相信她的话，但却又迫不及待地说出一句，"那么说请你马上把我变成一只蓝色鸟吧！"

　　蓝裙少女考虑了片刻才说："不是谁都可以变成蓝色鸟的，但我可以满足你的愿望，不过你只有一天的时间，到后天早晨，你将还原成现在的样子！"

望着她那双清澈的眼睛，我无法再怀疑她的话。我像个听话的孩子，放掉了手中那只蓝色鸟，然后走到蓝裙少女跟前。

蓝裙少女伸出一只手轻柔地放到我的头顶，嘴里又轻轻唱起了一首歌。我依然听不懂那歌声，那依然是人间永远找不到的最纯净的歌，林间清泉、山中美玉、瑶池边的雪——这一切都不足以形容这歌声的纯美。

在那一尘不染的歌声中，我清晰而快乐地感觉出身体和灵魂的轻灵，我知道自己正在羽化。

啊，泛着蓝衣的森林中传出了蓝色鸟的和鸣。终于，我抖一抖身子，丢弃了心中所有的浊思杂念，然后我也随着蓝色鸟叫起来。

然后，我轻轻展翅，轻盈地飞了起来。

三

我变成了一只蓝色鸟，这难以置信，却是真的。

飞起来之后，我第一次体验到了鸟的快乐还有鸟的高贵。我立刻明白了，为什么人们愿意变成鸟，而鸟不希望变成人。

人是永远飞不起来的，除非他有了鸟的灵魂。

在我飞起的同时，我看见蓝裙少女也轻盈飞舞起来，然后也成了一只蓝色鸟。我没有半点惊讶，这样的女孩当然也只能是一只蓝色鸟。

我们在那片润着月光泛着蓝意的森林里飞啊，舞啊，唱啊，那一刻森林已成了我梦中的天空，那一刻我找到了自己生命的本色。那一刻我多想就此融化在这个蓝意充盈美丽无瑕的世界里啊，但是这么想着的时候，我就听到了女儿的欢呼："蓝色鸟，蓝色鸟……"

我要把自己作为礼物送给女儿，因为我现在就是一只蓝色鸟。

"记住，你只有一天时间，小心，不要让你的同类伤害到你！"

依依告别了蓝色鸟，我飞离了那片蓝色森林，飞出好远，身后还传来蓝色鸟的叮嘱！

我按着蓝裙少女指引的方向向着女儿飞去，森林之外原来没有月亮，而且天空越来越污浊，森林越来越少，绿色越来越少，华丽繁乱而又冷漠坚硬的钢筋水泥森林成了世界的主宰，而本该蓝意充盈的天空和大地已被随心所欲的人类大片大片地涂抹成了他们想要的颜色，凭着鸟的直觉，我知道空气中的氧很少，取而代之的是污浊的欲望和贪婪之气。

如果不是为了女儿，我永远不想再回到这个让鸟无法呼吸的世界。

我的那个城市越来越近，女儿越来越近，尽管已经飞得很累，但我仍然没有停歇，因为再过几个小时，女儿的生日就到了。

当我悄悄降落在我家的阳台上时，黎明已在不远的东方梳妆了。我进不到屋里，就来到女儿窗前，隔着冷漠的玻璃，看着熟睡中的女儿。

"蓝色鸟，蓝色鸟，我要，我要！"女儿在说梦话，我知道她肯定梦见蓝色鸟了。望着女儿，渐渐地我看见女儿也变成了一只蓝色鸟，和我一起在蔚蓝的天空中自由飞翔。

"啊，蓝色鸟，蓝色鸟，妈妈快看蓝色鸟！"我是被女儿的欢叫声唤醒的，这个黎明是被女儿的欢叫声唤醒的。

睁开眼，我看到的是女儿那张朝阳般鲜艳灿烂的笑脸，笑脸上甚至淀出了久违的红润。

妻子很快出现在女儿身边，但她不敢相信自己的眼睛："天啊，这是真的么！"

"妈妈，是真的，是真的，这是爸爸给我的生日礼物！"

怕惊扰了无比珍贵的蓝色鸟，女儿和妻子都不敢走近我，但我已迫不及待地向女儿扇动着翅膀。当玻璃窗子小心翼翼地刚刚拉开了一条缝，我便飞进屋去，轻盈落到了女儿肩上。女儿幸福得说不出话来。我先用我的喙轻轻亲了亲她可爱而又生动的小脸，随即便在她耳边唱起了歌。

我唱的是祝你生日快乐，当然是用鸟的语言。

女儿高兴极了。我想她一定听懂了，因为她是个天真的孩子。她很快就情不自禁地唱起来舞起来。

受了感染的妻子也很快随着女儿随着我唱起来舞起来。

一只鸟两个人，我们一家三口一起唱起来跳起来舞起来，这是女儿生病以来，我们一家最快乐最幸福的一天！

连这天早晨的太阳都是从未有过的明媚。

"可是，爸爸呢？"女儿一句话，叫我和妻子都不禁停了歌和舞。妻子当然没有忘了我，她只是不想提起我破坏了女儿的快乐，而我在那时刻确实是忘了自己。

为了不让她们担心，我很快飞进我的书房，并很快叼出了一张纸，纸上歪歪扭扭写着九个字：爸爸明天早晨就回来！

女儿非常相信我的话，因为我是一只神奇的蓝色鸟。

于是，快乐的歌声再次在我的家中响起。

妻子怕女儿累着，叫她去床上休息，女儿怎么也不肯。直到我先落到女儿的枕上，女儿才上了床。

伏在女儿的小手上，听着女儿对我说着那些天真美好的希望，不是强自忍住，我早已又快乐地飞了起来。

"我也想变成一只蓝色鸟，和你一起飞，可以么？"女儿认真地问。

我刚要点头鸣唱，我家的房门却被急促地敲响了。

四

没想到门刚刚打开，竟一下子蜂拥进那么多人，而门外楼道还有楼下已经全都挤满了人。

大家都要亲眼看一看蓝色鸟。

妻子很为难，她知道这样会影响女儿休息。没想到女儿却很高兴地把我捧出来，让每一个人看。

女儿的心太好了，我的女儿就是一只蓝色鸟。

"啊，真的有蓝色鸟哦！"

大家看着我，眼睛瞪得大大的，却还在不断擦着揉着，生怕看错了或看不清。

许多镜头对准了我和女儿，狂拍狂摄。精神十足的女儿对担心的妻说："妈妈别担心，我愿意让大家都来看看我们的蓝色鸟！"

妻子点头，过去把女儿抱起来走到窗前，把女儿和女儿手中的蓝色鸟递到了整个城市的眼前。

蓝色鸟！蓝色鸟！！蓝色鸟！！！

此起彼伏的欢呼声把城市中的污浊都冲散了许多。

"啊，这蓝色鸟可是仙鸟啊，吃它一口可以延年益寿，活力倍增，青春永驻啊！"

不知是谁喊了这样一嗓子，之后沉静片刻，然后整个世界突然响起了狂叫：

"把它卖给我吧！"

"不，卖给我！"

"我出一千！"

"我出一万！"

"我出十万——十万哪！"

狂叫代替了欢呼，一双双惊奇的眼睛里突地现出了贪欲的火光。

我的心却打开了冷战。我的耳边响起蓝裙少女说过的一句话：你们人类一边歌颂着美，向往着美，创造着美，一边却在不断毁灭着美！

那一刻我害怕极了。我知道我在发抖，女儿也在发抖，还有妻子，还有这幢大楼，还有整个城市都在发抖打冷战。

人们毫不犹豫地在报价，不惜一切要把我占有和吞掉，从一千元到一百万的过程甚至都不过一分钟。

望着人们那一双双越来越贪婪的眼睛和那一张张越来越疯狂的脸，我已经由极度恐惧转为无比担心——不是为自己，而是为女儿——我担心女儿的天真纯净和善良也会被她的同类一起吞吃掉。

"你们疯了，这只独一无二的蓝色鸟怎么可以吃掉呢！"一声怒斥压过了所有的声音。

这个人就站在我们屋里。这是位慈祥的老人。他和蔼真诚地告诉女儿，要给我们一千万买走这只鸟，然后再为这只鸟建一个乐园，让这只鸟快乐地生活并供所有人观赏。凭着鸟的眼睛，我看出老人说的是真心话。

妻子显然动心了——一千万也许可以帮助女儿治好病，还可以让我们的女儿一生过上富有的生活。我没有暗中责怪妻子，我知道为了女儿她可以牺牲一切包括生命。那一刻我都动心了——只要女儿愿意，我希望她卖掉我，我宁愿在一个大笼子里被人观赏，我宁愿失去自由，只要女儿愿意和幸福。

但是女儿却毫不犹豫地摇着头断然拒绝道："你们走吧，都走吧，没有什么可以换走我的蓝色鸟！"说着她把我抱在胸前。

听着女儿激烈的心跳，我知道我在流泪。

五

所有的人都被拒之门外，家里又只剩下了一只鸟、两个人。

但是，刚才的那纯净的快乐仿佛已被那些人带走了。

我知道女儿受到了伤害，她不会明白大人们怎么会想要吃掉一只鸟。而女儿越是如此爱护我珍重我，我越是担心害怕——明天，不，是明早上——明早女儿一觉醒来再也找不见她的蓝色鸟，她会怎么样呢？

我不敢想下去。我只希望自己永远成为一只蓝色鸟，永远不让快乐、幸福从女儿脸上凋零。我希望时间停留在今天，我祈求太阳永远不要落山。

但是，太阳却离西山越来越近了。

"妈妈，我要放掉这只蓝色鸟！"

女儿平静的一句话，却叫我和妻子都大为意外和震惊。

女儿望着我，说："天快黑了，它一定想家了，它的妈妈也一定在找它。它是我的朋友，不是我的宠物。我特想让它留下，但那样它肯定不快乐！"

妻子流着泪把女儿紧紧搂在怀里。那一瞬间我看到这世界还有许多天空没有被污染，那一瞬间我看到希望的森林还在大地上生生不息地生长着……

妻子又一次抱起女儿来到窗前，女儿双手捧着把我送出窗外，女儿脸上带着笑，可眼中却有泪花儿晶莹。

"快回家吧，谢谢你来看我，这是我最快乐的一天，最难忘的生日，以后不要再来了，这里的人太凶了，他们会伤害你，等我长大了，去看你……"

我不忍飞走，但我必须飞走。

回头亲亲女儿的脸，鸣叫一声，我展开蓝色的翅膀，飞向了女儿眼中的蓝色天空。

"蓝色鸟，我爱你！"

远处飞来的是女儿对蓝色鸟的呼唤。

六

当女儿甜甜入梦时，我又悄悄飞了回来，我要让一只蓝色鸟再陪伴女儿一晚。隔着窗子，就着月光，我看见女儿脸上依然盛开着灿烂的笑，我知道女儿的梦里肯定还有一只蓝色鸟，我希望女儿的梦中永远都有一只蓝色鸟。

天快亮了，我很快就会作为爸爸回到女儿身边。我相信蓝色鸟会为女儿带来好运气。女儿很快就会好起来。我会告诉女儿这个世界的某个地方有仙境般纯美的蓝色森林，森林中有好多好多蓝色的鸟，它们是蓝色的精灵，它们是森林的灵魂……

我知道那个地方在哪里，但我只会告诉女儿一个人，因为我相信女儿永远不会伤害蓝色鸟和所有的鸟，因为我相信有一天我和女儿都会变成一只蓝色鸟，回到那个令我们向往的地方。

或许那里就是天堂，或许天堂里我们真的都是一只鸟。

女儿来自天外

一、夜半窗外唤母声

这是一个普通的日子，可是边陲小镇李秀芹家却洋溢着洋洋喜气——今天终于接到了女儿的重点大学录取通知书，李秀芹和梁丹丹娘儿两个欢喜得像把几个大年加起来过。说了半宿话，催着丹丹睡下后，李秀芹还没有一丝困意。她悄悄打开电脑，想把这个好消息马上告诉网友"秋天里的春天"。

自从五年前丈夫因病去世后，李秀芹一个人支撑起了这个家。心灵手巧的李秀芹打小喜欢描描画画，论起刺绣的手艺镇上没人比得了。为了支撑女儿上大学，李秀芹办起了家庭刺绣厂，还招收了几名徒工。经过几年辛劳，现在李秀芹不但还清了丈夫治病欠下的债，而且盖起了新房，女儿上学的钱也早已攒得足足的。

李秀芹刚刚四十出头，人又长得端庄秀美，上门提亲的、主动追求的当然少不了，但都被委婉回绝了。她怕影响女儿学习，分女儿的心，一定要等女儿大学毕业后才肯考虑自己的事。懂事的丹丹不希望妈妈为了自己一再牺牲自己的幸福，可性格内向的丹丹又说不服妈妈，于是她就想出了个好办法。丹丹借学习需要让妈妈买了电脑，然后又教会妈妈上网聊天。在丹丹的精心"诱导"下，李秀芹渐渐迷上了聊天，还真的交了个网友。

李秀芹和"秋天里的春天"是半年前认识的。开始，李秀芹只是感觉他人很好，很会关心体贴人，时间一长就渐渐把他当成了最亲的人，有了高兴的事要同他分享，有了烦恼不告诉女儿却和他说说。现在李秀芹忍不住要尽快把这个好消息尽快告诉"秋天里的春天"，让他分享自己的喜悦。

登录 QQ 之后，"秋天里的春天"果然在线，李秀芹迫不及待地向他报喜。"秋天里的春天"果然很高兴，两个人聊了一个多小时，在他的催促下，李秀芹这才关了电脑上床休息。

李秀芹躺下不多一会，迷迷糊糊似睡非睡之时，忽然听到了一声呼唤，呼唤很轻，也很清晰，是丹丹在叫妈妈。李秀芹睁开眼，见床前并没有女儿，侧耳听听，女儿的房间也没有动静，她以为是今晚太兴奋出现了幻觉，翻个身又要睡去，一声呼唤又一次在耳边响起：

"妈妈、妈妈……"

李秀芹猛然睁开眼，这次她确信这不是幻觉。她起来正要去女儿房间，忽听丹丹在窗外说："妈妈，我在外面，你快出来一下——小心别出动静！"

李秀芹很是诧异，睡得好好的，丹丹怎么跑出去了？不过现在她也顾不上多问，披上衣服就出去了。

可是到了院里四下看看，没有丹丹的身影，李秀芹疑惑地唤声丹丹，正要开灯查看，大门口又响起了丹丹的轻呼："妈妈，我在这儿，快过来！"

李秀芹虽然十分蹊跷，却没有害怕的感觉，因为叫她的是女儿丹丹。她不假思索地走了过去，并很快来到了小街上。

街上看不到一个行人，平时拥挤热闹的小街此时显得空旷冷清。而远近那几处霓虹灯则给这夜色添了几分迷离的诡异。望着前边丹丹的身影，李秀芹心头忽然涌上一种异样的不安之感。她忍不住叫起来："丹丹，丹丹，你干什么去？快站住……"

丹丹连头都没回，也没再应声，反倒加快了脚步。李秀芹更加紧张起来，赶忙追了过去。

不知不觉追出了镇子，前边的丹丹还没有停脚的意思。李秀芹急了，也怕了，她怀疑女儿是在梦游，她想跑上去抓住女儿。令李秀芹意想不到的是，不论她怎么跑都追不上前边走着的女儿。

李秀芹这回真的害怕了，不追吧，让女儿一个人在黑夜里随意乱跑，她肯定做不到；继续追下去，万一前边的丹丹像恐怖电影中一样突然回头，让她看清她追赶的并不是女儿，而是一个妖啊怪的可怎么办？这样想着，李秀芹打个冷战，脚步不由自主慢了下来。

"妈妈，快过来，我等你！"就在这个时候，前边的丹丹突然站住了脚。

是丹丹的声音，没错！可是丹丹为什么一直没有回头看一眼妈妈，或者让妈妈看一看她的脸呢？李秀芹一边自责着自己不该把女儿想成这个那个，一边却又情不自禁地越发怀疑前边这个人到底是不是女儿。

不过李秀芹一直没有停下脚步，更没有往回跑，只是越接近女儿，她的脚步就越迟疑。

终于，李秀芹在离丹丹不到十步远的地方停下了脚，然后声音发颤地说："丹丹，你怎么了？是不是做噩梦了？跟妈回家吧，啊？"

丹丹没有说话，只是缓缓地转过身。

李秀芹紧张到了极点，她不知道女儿转过身来的那一刻会发生什么事。

丹丹终于转过了身，面对着李秀芹，慢慢撩开了遮挡在脸上的长发。

借着星光，李秀芹终于看到了那张脸……

二、晴天霹雳惊母心

"啊……"

看清了那张脸，李秀芹终于舒了口气，前边的人确实是女儿"丹丹"！她立刻扑上去抱住了女儿。

不料抱住女儿的那一刻，李秀芹又是大吃一惊——现在是夏天，"丹丹"的身体竟然冰凉冰凉的，说句难听的，真是比死人还要凉。

李秀芹烫手一般放开女儿，紧接着又紧紧抱住女儿连声问："丹丹，丹丹你怎么了？"

"丹丹"用一双冷冰冰的手抚摩着李秀芹的身子。李秀芹更加感到了彻骨的寒凉,惊慌地哭了起来:"丹丹,你怎么这么凉?你这是怎么了,是不是病了,啊?"

"丹丹"用一张冰凉的脸贴着妈妈的脸,连声音也是冷冰冰的:"我不是你的那个丹丹,你好好看看我是谁?"

李秀芹捧住"丹丹"的脸看了又看,又上下打量一番,没错,是她的丹丹没有错!可是"丹丹"又说了一句让李秀芹心惊肉跳的话:"我是你的女儿,但我不是现在睡在你家里的那个女儿!"

李秀芹听得很糊涂,情不自禁地摸摸丹丹的额头,丹丹的额头也是冰凉冰凉的。但女儿明明是在说胡话啊?李秀芹觉得女儿肯定是有毛病了,她顺着女儿的话胡乱应着,想把女儿尽快哄回家再说。

可是,无论李秀芹怎么说,"丹丹"都坚持要把家中那个女儿赶走她才肯回去。李秀芹是女儿说什么答应什么,边应着边拉住女儿的手往回走。"丹丹"看出了李秀芹的心思,于是向她说出了一个难以置信的真相。

"丹丹"说,她是真正的丹丹,而现在李秀芹家中的那个女儿是假丹丹。事情还要从七年前说起。那时丹丹刚刚一周岁,有一天趁她睡着时,李秀芹出去到小卖部买东西,这时候外星人闯进来抱走了小丹丹,而把一个假女儿留给了李秀芹……

李秀芹听得很是吃惊。她吃惊的不是女儿讲的往事,而是吃惊女儿怎么会有这么离奇的想法。她假装相信了"丹丹"的话,并说要"丹丹"跟她一起回去把那个假女儿赶走。"丹丹"却摇头说:"赶走不行,必须杀死她!"

李秀芹更没想到,一向善良的女儿能说出这么凶狠的话来,她惊愕地望着女儿,这一刻"丹丹"在她眼里竟是那样陌生和冷酷。她忍不住脱口呵斥起来:"丹丹,不许胡说了,快跟妈回家去,快走……"

"丹丹"却一把甩脱了妈妈的手:"回家?如果你不杀死那个假女

儿，我是不会踏进家门一步的！有她没我，有我没她！"

李秀芹不敢再反驳一句话，只是不住央求丹丹快回家，她打算明天一早赶紧带丹丹去医院。好说歹说总算把"丹丹"拉回到了家门口，可"丹丹"却站在大门外一动不动。李秀芹拉扯出一身汗，也没有能把她拉动半步——"丹丹"坚持要妈妈先去把那个假女儿杀了才肯回家。

李秀芹没办法，只好千叮万嘱叫女儿不要离开，自己则急忙跑回屋。李秀芹想回屋一趟，出来就骗"丹丹"说已经把假女儿杀了，那样也许女儿就会回家了。

可是，一进丹丹的屋里李秀芹就感觉不对，开灯一看她立刻目瞪口呆——床上并非空无一人，那个睡在床上的女孩不是丹丹又是哪个？

丹丹这时也睁开了眼，一见妈妈站在门口脸色难看得吓人，丹丹吓得忽地坐起来，连问妈妈出了什么事。

李秀芹定睛细看，眼前的丹丹确是女儿无疑。她上前抚摸着女儿，女儿的身体是实实在在的，体温也很正常，但李秀芹还是不敢相信地说："丹丹是你吗？真的是你吗？"

丹丹惊诧地望着李秀芹："妈妈你怎么了？是不是病了？"说着她伸手就去摸妈妈的脸。

李秀芹却下意识地打开了丹丹的手，急切地问："丹丹告诉妈妈，刚才你是不是做梦了？是不是出去了？"丹丹摇头说她一直睡得很熟啊，怎么会出去呢？至于是不是做梦她也想不起来了，她问妈妈到底出了什么事。李秀芹又审视一下丹丹，说声你别动，然后转身就往外跑。

李秀芹跑到门口，门口连一个人影都没有了。她轻声呼唤起来，外边没人搭腔儿，屋里的丹丹却应了声。李秀芹怕屋里的丹丹也会突然消失，顾不得再找，赶紧跑回屋，见丹丹还在，她这才松了口气。

丹丹已经穿上衣服正要出来，见妈妈回来连声问到底发生了什么。李秀芹不能对丹丹说出今晚发生的事情，再说她也说不清，她的心里乱成了一团麻，只说自己今夜老做噩梦，她要丹丹和自己做伴去睡。丹丹虽然还是满眼疑团，不过见妈妈情绪很不好，也就没有再问什么，只是乖乖地去了妈妈的卧室。

看着丹丹去了自己的卧室，李秀芹出去关上门，回来看着女儿睡着了，她这才躺了下来。过了一会儿，睡熟的丹丹慢慢睁开了眼睛。她听听妈妈已经睡着了，就悄悄坐了起来。悄悄唤声妈妈，见妈妈睡得很熟就没有反应，她就下了床，轻手蹑脚向外溜去……

丹丹还没走出卧室，灯就亮了。丹丹回头，只见妈妈正坐在床上望着她，她这才知道妈妈和自己一样一直在装睡。

李秀芹问丹丹要干什么去，丹丹说只是想去看看外面有什么，刚才会叫妈妈那么紧张。李秀芹说刚才什么都没有，只是做了个噩梦而已，然后又催女儿快睡觉。

再次躺下之后，娘儿俩都不再说话，但她们知道彼此都没有睡着。李秀芹真希望刚才发生的一切都是个梦，但怎么想怎么不能是个梦，她手上甚至还能感觉到外边那个"丹丹"身上的寒凉，她的耳边不断响着那个"丹丹"冷酷的话：她不是你女儿，她是假冒的，她是外星人，你要杀了她，杀了她你的亲生女儿就会回到你身边……

"不、不、我不能……"李秀芹哭叫着忽地坐起。

"妈妈，你到底怎么了？"紧跟着坐起的丹丹抱着妈妈颤声追问。

李秀芹摇头不说话，丹丹觉得妈妈肯定是病了，就要陪她去医院。李秀芹摇头不说话，只是紧紧抱住女儿，声怕她会从自己的身边突然消失掉。

三、利刃难断母女情

第二天，丹丹总算说服妈妈去了趟县医院。医生检查后，没查出具体病症，只说可能是操劳过度，有些神经衰弱，给开了一些药让吃吃看。回到家后，为了不让丹丹担心，李秀芹极力压抑着重重心事表面做着轻松样子。她现在十分怀疑昨夜的事情是不是真的发生过，她希望那只是一个怪诞的梦。

可是到了这天半夜，窗外又响起了"丹丹"的呼唤声，而这时女儿就熟睡在李秀芹身边。

毫无疑问，此时此刻确实有两个丹丹存在着，只是一个在屋里，一个在屋外。

李秀芹看着身边的丹丹，觉得自己不应该出去。可是，窗外那个丹丹的低切呼唤，又让她没法不出去。丹丹昨晚没睡好，今天见妈妈没什么事，放心了许多，睡得很踏实。李秀芹悄悄起来，轻手蹑脚出了屋。

院里站着个人影，不用问她就是昨天晚上的那个"丹丹"。

李秀芹上前要拉她，"丹丹"却生硬地一下子甩开了妈妈的手。她质问李秀芹为什么还不动手，李秀芹万分为难地说："就算她不是妈妈的亲生女儿，可她是妈妈亲手拉扯大的，妈妈怎么下得了手啊……丹丹，能不能你们两个都留下……""丹丹"断然回绝了妈妈的话："那是不可能的，外星人两天后就离开地球，走时他们肯定不会放过我，除非用那个假丹丹去骗他们，而假丹丹不死，就无法骗过外星人，何况假丹丹本身也是个外星人，她是死有余辜的……"

李秀芹犹豫片刻，终于问了一句："你真的是丹丹？"

"是的。你可以看看我的肋下这颗红痣。'丹丹'说道。"

"丹丹"肋下这颗红痣几乎没有外人知道。可是家里的丹丹也一样有一颗这样的痣啊？李秀芹有些弄不明白了。

"丹丹"说："她要没有那颗痣，能骗过你这个当妈的么？外星人处心积虑要做的事，当然不会有半点疏忽！"

见李秀芹还在犹豫，"丹丹"从怀里掏出一把刀："怕你下不了手，我都给你准备好了——为了咱们母女团聚，你一定要硬起心肠！"

李秀芹下意识地摆着手往后退了两步，"丹丹"却又追上两步，把刀子塞到李秀芹手里说："她只是冒名顶替的外星人，是她让你失去了亲生女儿！妈妈我爱你，我想回家，我再也不想回到那个冰冷的星球上去了，妈妈，求你了，别再让他们把我带走！"

李秀芹攥着那把冰冷的刀，心里乱成一团麻。她实在不知该怎么办才好，但她知道无论如何不能再一次失去亲生骨肉了。她想紧紧抱住女儿，不料抱了个空，回过神儿来已不见"丹丹"的身影了。

回到屋中，李秀芹站在床前，手中握着丹丹给她的那把刀，望着熟睡中的假丹丹。虽然没有开灯，但女儿香甜入睡的样子闭着眼睛妈妈也能看得清清楚楚。以前女儿熟睡的样子是那样叫妈妈心醉和满足，现在李秀芹知道自己应该恨这个假女儿，应该硬起心肠杀了她，只有这样亲生骨肉才能团圆。

但是在床前站了好久，李秀芹依然对这个假丹丹恨不起来，更下不了手。

她想放弃了，转念再想想亲生女儿的遭遇，她强迫着闭上眼，举起了那把刀。

刀子闪着冰冷的寒光，一点一点向丹丹逼近。

"妈妈，妈妈……"

女儿含混不清的呼唤却不啻于一声惊雷。李秀芹浑身一震，猛然警醒。她慌忙向后退去，直到靠在了墙上，手中的刀也险些落地。

好在女儿只是说了句梦话，翻了个身又香香地睡去了。李秀芹手捂砰砰乱跳的胸口，一点一点挪出了卧室。

出了卧室，她才喘上来一口气。那一刻李秀芹突然明白——无论如何她是下不去手杀死家中这个丹丹的——即使她是个假丹丹。

杀死假的丹丹自己下不了手，不杀假丹丹亲骨肉很快又会永远分离！李秀芹深深地陷入了取舍两难的境地，这时候她多想有个人能帮自己拿个主意啊！这时候她多希望身边有个可以依靠的男人啊！这么想着，李秀芹突然想到了一个人。

李秀芹急忙来到女儿屋里，打开丹丹的笔记本电脑，登录 QQ，迫不及待地点击"秋天里的春天"头像，忙不迭问他在不在。连问了好几声，"秋天里的春天"都没有反应。李秀芹很失望又很不甘心，她没有别的办法可想，只有等待，除了"秋天里的春天"，她想不出还有什么人可以商量，除了他她不想让别人知道这件事，何况别人知道也无法帮她，何况这件事不是亲身经历，恐怕谁也不会相信。

一直等到三点多，知道"秋天里的春天"肯定不会上线了，李秀芹这才无奈地关了电脑。

第二天，刚刚吃过早饭，李秀芹突然追着丹丹赶紧去学校报到。丹丹很奇怪，因为离学校开学还有半个月的时间呢。她以为妈妈记错了，就向妈妈解释起来，李秀芹不等丹丹说完，就莫名其妙地发起火来，她毫无理由地又喊又叫又摔东西，一副硬生生要把女儿赶走的架势。从小到大丹丹从没有受过这样的委屈，她更没想到一向疼爱娇宠自己的妈妈会往外赶自己，她伤心委屈地哭了起来。

李秀芹没有劝慰，反而变本加厉。丹丹终于提上妈妈夜里就已经给她准备好的行李，哭着跑出了家门。

望着被自己赶走的假丹丹，李秀芹心如刀绞，同时也不禁松了一口气，李秀芹想把丹丹赶走，让她离开这个家，那个"丹丹"也许就不会逼着自己伤害她了，"丹丹"也许就可以留下了，这是李秀芹想出的唯一一个办法。

令李秀芹想不到的是，被自己赶走的丹丹很快又返了回来。

原来车走出十几里后，冷静下来的丹丹觉得不对头，于是赶忙又返了回来。返回来的丹丹任妈妈怎么骂也是一副不急不恼的样子，更不肯再走了——她家在镇上没有亲戚，妈妈这样反常地赶自己走，不是有病就是有事，丹丹当然不能一走了之。

李秀芹生怕自己真的鬼迷心窍害了丹丹，所以狠下心想把她赶走。没想到丹丹这么快就反应过来了。现在无论她怎么骂丹丹也不肯再离开，而且还那么体贴懂事，李秀芹再也张不开嘴赶她了。

晚上，丹丹还要和妈妈一起睡，李秀芹找个借口没叫丹丹过来，她怕自己做蠢事。天黑下来后，李秀芹根本睡不着，注意听着窗外的动静。稍有个风吹草动，她的心便咚咚跳起来，连她也分不清是怕"丹丹"来，还是盼"丹丹"来。

快半夜时，外面依旧没有响起呼唤声。李秀芹的心就像被一根无形的绳子吊了起来，越升越高。非常无助又非常害怕的李秀芹终于忍不住再次打开了电脑。

这回"秋天里的春天"恰好在线。如果是昨天，李秀芹也许会委婉一些，有所保留，但是今天她却迫不及待地向他说出了一切……

当"秋天里的春天"确信李秀芹不是说谎也不是发疯后，立刻意识到了问题的严重性。他安慰李秀芹说不用怕，他一定会帮她。他明天就会赶到李秀芹家里，同时叮嘱她稳住丹丹，千万别把这事情透漏给任何人。

四、善良母亲豺狼友

第二天一早，"秋天里的春天"真的赶到了李秀芹的家。别看李秀芹几次拒绝了"秋天里的春天"见面的请求，其实心里早就想见他了。但是，今天的相见却没有想象中的喜悦激动，她只是想扑到这个男人怀里哭一场。

李秀芹极力控制住情绪，连连对这个熟悉的陌生人说着谢谢。"秋天里的春天"顾不上跟她客套，只是有些迫不及待地问丹丹在哪里。听李秀芹说丹丹让她打发出去了，很快就会回来，"秋天里的春天"就让她躲起来，待会儿自己来对付丹丹。李秀芹不放心地问她要怎么办，"秋天里的春天"说："你就别管了，一切有我呢！"接着不由分说把她推进了里屋。

正在这个时候，丹丹回来了。

昨晚，"秋天里的春天"要李秀芹给他发过丹丹的照片，所以现在他一眼就认出了她。于是，他抢上前自我介绍说："我姓余，是你妈妈的朋友，叫我余叔叔吧。我是来接你妈妈去城里看病的……"

丹丹打量着"秋天里的春天"，满脸疑惑地说："余叔叔？我怎么没有听我妈妈说起过？""秋天里的春天"笑着说："你妈妈在车里呢，上去问问她不就知道了！"

丹丹疑惑地跟着"秋天里的春天"来到了停在门外的那辆小车旁，车窗是有色的，还挡着帘，看不到妈妈是不是在里边，丹丹更感到怀疑了。再看看那个直眉立眼盯着自己的胖头司机，丹丹更是浑身上下不舒服。可是不容她多想，"秋天里的春天"已经打开车门往里推着她说："快上去吧，妈妈在等你呢！"

在这瞬间丹丹早已看清，车上根本没有人，她敏捷地一闪身，回头质问"秋天里的春天"想干什么。"秋天里的春天"一见被丹丹识破，也就不再装模作样，他不怀好意地笑着说："上车就知道了！"说着一把又向丹丹抓去。丹丹闪开要逃，胖头司机已经下车截住了她的去路。

丹丹只好往院里跑，边跑边叫妈妈，可是才到大门口，"秋天里的春天"已经追了上来。他一把揪住丹丹的头发，用一块纸巾往她鼻子边使劲一抹，丹丹就瘫软下去。胖头司机赶紧上来连抱带拖就要带走。

这时听到丹丹呼唤的李秀芹忍不住从屋里跑出来，一见这情况，她不顾一切地扑过来抢夺女儿。可是，没等李秀芹冲出院子，她也被"秋天里的春天"同纸巾麻翻在地，然后他们丢下她，把丹丹塞进车里，扬长而去。

李秀芹家紧把着镇子北头，这两天给工人放了假，邻居又起早去了城里，所以没人注意到李秀芹家发生的这一幕。过了两个多小时，李秀芹才慢慢醒过来。这时候她什么都顾不得了，唯一的念头就是赶快救回女儿。

李秀芹挣扎着起来，跑进屋，要打电话向 110 报案，可是拿起话筒还没等拨号，电话就被一只手按住了。李秀芹吓了一跳，抬头一看竟然是丹丹。

"啊，丹丹……"李秀芹才唤出一声，马上就醒悟到——这个"丹丹"不是刚才"秋天里的春天"他们抢走的那个丹丹，而是从天外回来的亲生女儿真"丹丹"，因为她的神情像她的体温一样冰冷。

"是你……"李秀芹说不清是惊是喜。

"是我，你的亲生女儿，我说过，假的走了，我才能回来！"

李秀芹哭了起来："你回来了，她却让坏人带走了，都怪我，都怪我……"

"丹丹"冷冷地哼一声说："当然怪你！不过你别无选择，你无论如何也不会为一个假女儿而牺牲自己的亲骨肉吧？这一点一开始我就坚信……"

"丹丹"的话还没有说完，李秀芹已经一下子跪在了她面前。

"丹丹"万分惊愕地望着她，问她这是干什么。李秀芹哭着说："不，不，不管她是真是假，她也是妈妈的女儿，她是妈妈从小拉扯大的，她懂事知道疼人，没做过一件坏事，她是外星人妈妈也认她——妈妈要救她！"

"丹丹"望着妈妈，好半天才气急败坏地叫起来："留下她，我怎么办？难道我不是你的女儿？难道你真忍心让你的亲生女儿再被带回到那个冷漠冰冷的星球？难道你真不在乎我们母女永远分离？"

"不、不，不是的，不是的"李秀芹哭着不住摇头，"救她出来，我跟你一起走，不管什么地方，妈妈都和你在一起！"说着她站起来又要打电话。

电话再一次被那只冷酷的手按住了。

五、母爱融化冰冷心

丹丹睁开眼的时候，发觉自己刚刚被丢进深山老林间的一座废弃石屋里。动一动，发现自己被反绑住了，她不禁叫了一声，但是却只是发出了呜呜声，因为她的嘴也被堵住了。

"秋天里的春天"和胖头司机四只眼球毫无忌惮地在丹丹身上滚动着，胖头司机说："这外星人跟咱也没啥区别啊？不会是个假货吧？""秋天里的春天"很有把握地说："不可能，李秀芹不会说假话！我本想笼络住那个傻女人，弄两个小钱花，没想到碰上这样的好事，半路抓个外星人！这真是求铜钱捡了金元宝，人要走时气隔离墙都挡不住！"

胖头司机上去拧一把丹丹的脸蛋儿，淫邪地笑着说："大哥，咱扒了皮儿看看瓤吧，这外星人是不是也跟咱们地球姑娘一个样啊……"说着他就要动手动脚。

"秋天里的春天"沉下脸打断他的话"看你小子这点德行，见了女人就没脉——这是外星人，是要做研究用的，你给碰坏了还值钱？等咱钱一到手，什么样的小妞挑不着？到时就怕你没那身子骨！"胖头司机咂咂嘴，不敢乱动了。

"秋天里的春天"看看表，说："买主快到了，先把她藏起来，你也先躲起来，等我和他们谈好价，钱到手再让她出来，别让他们耍什么花招儿！这外星人可是独一无二的无价之宝啊，咱们可不能太便宜就出手……不过也得防着他们耍花招，万一势头不对你千万别出来，反正只要货在我们手里他们就不敢把我怎么样的！"

胖头司机连连应着，扛起假丹丹向森林走，"秋天里的春天"还在后面嘱咐他要轻拿轻放。

胖头司机没走多远就走不动了。他呼哧呼哧喘息着把丹丹放在一个小水沟里，又找了些荒草树枝把她掩蔽起来，自己坐在一边开始叨念开了："奶奶的，姓余的，尽拿老子当傻瓜！哼，先让你猖狂一会儿，钱一到手老子先灭了你……"

胖头司机正在自个儿唠叨泄愤，突然觉得身后有人，回头一看，他不禁忽地站了起来——身后当真站着个人，而且这个人不是别人，正是他刚刚藏进荒草里的"丹丹"！胖头司机不禁大吃一惊："你，你怎么起来了?"说着他下意识地向草丛中看了看,这一看更让他目瞪口呆——丹丹还在那里藏得好好的,她的一只脚还隐约能够看得到!

"你,你是谁?"胖头司机见鬼般后退两步,差点儿滚到山坡上。"丹丹"说:"我是丹丹啊!不过我要告诉你,我这个真丹丹其实是假丹丹,她这个假丹丹本来就是真丹丹……"

"你,你说什么真丹假丹跟绕口令似的,难道你也是外星人?"

"丹丹"说:"我本来就是外星人,告诉你,冒充真丹丹是为了研究你们地球人,因为我和你们有许多不同之处,所以要在地球长期潜伏下来,仅仅外貌相像是不够的,所以我要编出个被外星人劫持的理由,这样我的'亲'人就不会怀疑我的异常了——比如我的体温总是凉的!比如我从来不会笑!明白了么,蠢货?"

胖头司机这时也发现这位"丹丹"目光冷冷的,和他们劫持来的那个所谓假丹丹神情不大一样。他不由打个寒战,边退边说:"不,不明白……你,你,你为什么要告诉我这些……""丹丹"冷笑一声:"因为你马上就会变成一个白痴了!"

胖头司机虽然懵懵懂懂,但也知道大事不好,转身就逃。"丹丹"冷哼一声,眼中突然冒出两道寒光。很快,胖头司机就僵直地站在那里不动了。

闻声匆忙跑进森林中来的"秋天里的春天"一见"丹丹"站在面前,自然也不免吃惊。他恼怒地质问胖头司机是干什么吃的。胖头司机却对他傻笑着说:"我要吃,我要吃,我要吃么……"说着扯一把蒿草就胡乱往嘴里填起来。

"秋天里的春天"瞪大眼睛看看胖头司机再看看"丹丹",立刻感到形势不妙。他马上堆下一脸笑对"丹丹"说:"丹丹啊,这个人太坏了,把我都骗了,真是坏人没好报,他成这个样子真是活该,现在让余叔叔送你回家吧……"说着他小心翼翼地想往"丹丹"跟前凑,可是没到近前,他就被那两道冰冷的目光挡住了。

"丹丹"鄙视地盯着他说："地球上的好人比我想象中的还要好得多，就像丹丹的妈妈！地球上坏人比我想象中的还要坏得多，就像你！你这样的人是不配活在这个美丽多情的星球上的。在这儿等着我，我要把你带到另一个冰冷的世界，也许那里才更适合你这种人！"说着她的两道目光刷地射到了"秋天里的春天"的身上。

"秋天里的春天"立刻像掉进了寒冷的冰窖，浑身立刻冻结在一起，再也动不得半步。他想叫喊，可嘴巴也已经冻在一起，发不出半点声音了……

六、崇高母爱越时空

李秀芹在家里不安地等待着。

几个小时前，那个所谓的"真丹丹"没有让她报警，而是向她说出了自己是外星人这一真相，并答应一定把丹丹救回来。这个冒充丹丹的外星人离开后，李秀芹后怕得要死——幸亏自己没有真的狠下心肠扎下那一刀，否则亲生女儿将会死在自己手中。

害人等于害己，到什么时候也不能昧了良心黑了心肠啊！李秀芹这样感慨着，等待着，她相信那个外星人这次不是在骗她。

天擦黑时，外星人终于出现了，她把怀里的丹丹放到了李秀芹面前。李秀芹先是抱住女儿哭起来，然后又看又摸，见女儿完好无损，才抬起泪眼望着这个和丹丹一模一样的外星人，感激得不知说什么好。

外星人说："不必感激我，一切都因我而起，是我险些害了你们——该感激的是你，是你让我了解了真正的地球人，同时我也懂得了什么是善良，什么是真爱……今夜我就要离开地球了，真有些舍不得啊……我有一个请求，不知你能不能答应？"

李秀芹点点头。

外星人说："我想，我想真真切切发自内心地叫你一声妈……"

李秀芹很意外也很激动。她郑重地连连点头。

"妈妈——妈妈……"

李秀芹答应着，两个人情不自禁地抱到了一起。一边的丹丹眼里噙着泪也上去和她们拥抱到了一起。

"妈妈，也许有一天，我还会回来，真的做你的女儿……"

"好孩子，妈妈等着你回来，等你回来！"

玉人传奇

三千多年前，一个繁盛的巴蜀古国活跃在丰腴的巴蜀平原上。三千多年后的公元 1986 年，巴蜀平原神秘的三星堆两个大型祭祀坑得以发掘，一大批稀世之宝破土而出，轰动了全球。在上千件稀世珍宝当中，一尊头顶神兽和太阳轮的玉质大立人格外引人注目，特别是它那双曾经握有器物而今已经空空的两手，更是给人无限的遐想……

——题 记

一

　　蜀国只是后人的称呼，蜀国的名字叫大蜀国。

　　大蜀国现在的国王叫鱼凫王。国王虽然只有一个，但在大蜀国除了鱼凫王之外，还有一个人可以呼风唤雨，说一不二，其风头人气甚至常常盖过鱼凫王，因为鱼凫王统治的只是人们的躯体，而那个人则牢牢控制着人们的灵魂。

　　那个叫国王忌妒而又忌惮的人不是别人，正是大蜀国的大司神杜宇天师。

　　杜宇天师和鱼凫王面和心不和，一直在暗中叫劲儿争夺更多的控制权。他们都想做大蜀国真正的主人，独一无二的主人。

　　表面看起来，优势应该在有兵有权的国王这边，而实际上杜宇天师的势力并不弱，他那些和他一样梳着笄发的族人和追随者们占到了国人的近五分之三，而且大司神和他手下的小司神们可以传达甚至代理天神的意志，这叫以国王为代表的统治者们又怕又无可奈何，因为天神比人间的一切权贵都要大，虚无的天神才是人间至高无上的统治者。所以虽然鱼凫王早有除掉杜宇天师之心，但没有合适机会十足把握，他不敢贸然下手。

不过机会终于来了，这机会不是天神恩赐的，而是鱼凫王自己创造的——他派人去向杜宇天师求婚，希望天师的小女儿滢玉能够嫁给太子麟泽，成为未来的王后，没想到精明的杜宇竟然愚蠢地答应了。天师还带话给国王，说王室和司神族的联合，必将会为大蜀国迎来一个前所未有的辉煌时代。

原来权力欲可以摧毁所有人的意志，包括在人们眼中已经具有半神之体和超人智慧的天师杜宇。

但是国王和天师都没有预料到。竟然有人胆敢违抗王室和神室的意志。这个人正是这场政治联姻的前台主角之一，被称为小神女的天师小女儿滢玉。

二

太子和小神女即将订婚的消息传出时，小神女本人还不知道。当时，小女神滢玉正在玉匠土瓦家中。当然，滢玉来土瓦家中不是来做客的，也不是为了看望土瓦，而是为了土瓦的儿子铜青。这已是滢玉第九次偷偷来看铜青了，所以她已成了这个贫贱家里的熟人。

铜青家在王城的一个角落里，房子又小又破，不是很大的院子里堆满了玉石料。土瓦是王城最好的玉匠。铜青的技艺已经得到了父亲的真传。现在滢玉和土瓦、铜青三个人正对着一块一人多高的玉石料发愁呢！

这是块一人多高的闪透石玉料。这样一整块玉料并不是很容易找到的，更难得的是这块玉料通体光润剔透，洁净无瑕，虽然尚未雕琢，但谁都可以看出这块料将会诞生出一件稀世绝品。这块宝玉是土瓦、铜青父子二人历经半年艰辛甚至艰险方才采集到的，可以说是可遇而不可求的。土瓦做了一辈子玉石匠，还是头一次遇到这么大、这么好的一块上上珍品。他知道这辈子都不可能再找到第二块这样完美无瑕的宝玉了。父子俩当时高兴坏了，抱着这块宝玉，半年的辛劳疲惫立时被抛了个精光。

可他们万万没有想到，这块稀世宝玉竟然会给他们带来一个大麻烦。

土瓦家今年献给王室和神室的贡奉任务都已经完成了，按说他们可以按照自己的意愿雕琢这块宝玉了，并且铜青已和父亲商量好，他要用这块无价宝玉雕刻出一尊人像，这个人不是别人，当然就是他心爱的姑娘滢玉。滢玉喜欢玉的坚贞洁美，她就是亲自到土瓦家来挑选玉饰时和铜青一见钟情的。虽然大蜀国等级森严，不许人们跨越雷池一步，而且以大司神为首的笄发族和以国王为首的辫发族极少有通婚的先例，何况她是笄发族类中高高在上的天师之女，而铜青只是辫发族中下等的匠人，她们之间的爱情注定是没有结果的。土瓦心里很清楚这一点，可他却不忍心夺走儿子的幸福，哪怕那幸福只是一个虚幻的影子。虽然他根本不存奢望，但他每天都企求天神赐给儿子的幸福多一天，再多一天。

不过滢玉却对自己的爱情前景十分乐观。因为她是上可通天的大司神的小女儿小神女，大司神杜宇天师对她宠爱有加，几乎可以满足她的任何愿望和要求，虽然她也知道父亲肯定不会轻易答应自己嫁给铜青这样一个无法无天的无理要求的，但滢玉觉得只要自己努力争取，撒娇加上撒蛮，最终是能够赢得父亲的同意的。所以她只要有机会，就会溜过来看望铜青哥哥。铜青哥哥干活的时候，滢玉常常会对着雕玉的铜青呆呆看上半天，她觉得她的铜青哥哥就是一块最美的玉，她觉得能够这样一辈子看着铜青哥哥雕石琢玉就是自己想要的幸福……有一天看着看着，滢玉忍不住说了句："哪天你把我也雕成个玉人吧！"铜青听了认真看了看她，又认真点了点头。其实滢玉只是随口说说，没想到铜青把她的这句话牢牢地刻在了心中。当铜青和父亲把这块最好的玉料千辛万苦运回来见到滢玉后，他的第一句话就是要告诉她：他要用这块宝玉为她亲手雕刻一尊最好最美的玉像。听到这句话的时候，滢玉幸福极了，甜蜜极了，尊贵的小神女竟然当着土瓦老伯的面，情不自禁地第一次亲吻了她的铜青哥哥，当时把个土瓦老头儿臊得紫红着老脸逃也似的躲了出去。

今天铜青哥哥就要开始为滢玉雕琢玉像了，滢玉特意把自己精心打扮得花儿一般，来看铜青哥哥为她雕像。虽然铜青告诉她，心爱的人就装在他的心里，不用看着她他也不会雕差一根发丝，但滢玉还是要亲眼看着铜青哥为自己的雕像雕下第一錾。

滢玉没有想到，当她一脸甜蜜幸福地迈进铜青家的后，就立刻被一种愁苦愤懑的气氛包围了——土瓦正蹲在地上，对着那块玉料愁眉不展，而铜青则站在玉料面前发呆，那神情凝结得就像一尊粗糙的石像。

滢玉非常诧异，她看看父亲再看看儿子，不住地问："怎么了，铜青哥？怎么了？土瓦大伯，告诉我怎么了？"

回答小神女的，只是土瓦的一声叹息。叹着气，土瓦抬头看了看滢玉，然后又摇摇头，又低下了头。而铜青看到她，眼睛亮了一下，但瞬间的光彩又灭了。

"怎么了，怎么了，你们这是怎么了？为什么不理我？"滢玉上前搬住铜青的双肩用力摇着，"告诉我，你快告诉我呀！"

铜青看着她，突然两滴泪水再也忍不住地涌了出来，紧接着他已哭出了声，他边哭边嗫嚅说："你的像雕不成了！"

"雕不成了？为什么？"滢玉非常意外。

铜青摇着头说不出话来，土瓦又叹了口气，告诉滢玉说，国王听说他们得了块宝玉，就下令要用这块宝玉雕一尊神像，而且神像要照着鱼凫王的样子来雕刻，国王严令必须要在麟泽太子的婚礼大典时摆上神像……

滢玉一听很是气愤，马上说："别怕，我马上回去叫天师父亲向国王求情，留下这块玉。这块玉是铜青哥哥送给我的，谁也抢不走，国王也不行！"

土瓦摇着头苦着脸说："滢玉姑娘不用去，没有用的，没有用的……""怎么会没用，我父亲可以以天神的旨意要求国王收回成命！"

土瓦只是摇头："可是、可是连天师大神他也……"

"我爹他？我爹怎么了，快说！"滢玉已急得使出了小神女的性子。

土瓦无奈只好说了实话："天师大神也传下神谕，说这块玉是天神自天降下，专为雕造天神神像所用，但他传谕神像要按他的相貌雕刻……"

"什么？"滢玉没想到会是这样，一块宝玉国王和天师都来争，土瓦家谁都得罪不得，可又不能将一块玉雕出两尊像来，怪不得这父子俩如此发愁呢。滢玉管不了国王，但她自信能够说服父亲改变主意的，于是说声你们别犯愁，我一定叫父亲收回神谕，小神女滢玉转身就要回去见父亲。

"使不得，使不得……"土瓦追上来，一见拦不住小神女，情急的他只好一下跪在了滢玉面前，"神女大人啊，千万不能去替我们说情，那样不是救我们，反倒会害了我们啊……"

"什么，老伯你怎么这样说？"滢玉的眼睛瞪得老大老大。

土瓦说："神女大人啊，国王和天师不光都要求三十天内完工，他们还都要在一个人的婚礼上摆放面貌像自己的天神像……"

"哦，在哪个人的婚礼上，快说？"滢玉说着一下子拉起了土瓦。

土瓦胡须颤抖，望着滢玉说："她，她是……"

滢玉急得直跺脚。这时铜青已擦去了泪水，走上来悲声说："她不是别人，就是你——天神像要在你和王子的婚礼上献上，供你们和大家参拜……"

这句话犹如晴天霹雳，叫滢玉立时目瞪口呆。

三

当小神女滢玉刚刚跑出土瓦家时，贴身婢女水娥也已急急忙忙跑来找她，说天师大神正四处派人找她呢。滢玉从水娥嘴里知道了铜青父子说的话没错，而且她亲眼看见街市上的人们已开始为她和王子的婚礼忙碌了。

"为什么不早告诉我？"滢玉气得要打水娥。

"我、我、我也是刚刚听说的……"

"胡说，快说是怎么回事，要不我打死你！"滢玉一副恶狠狠的样子威胁道。

水娥吓得赶忙跪下，脱口招出了实情："神女饶恕小婢，我是想告诉神女的，可是大神不准小婢告诉神女。其实，其实大神早已知道了神女和玉匠家来往……"

很明显，滢玉最贴心的婢女早已经背叛了她，但滢玉现在已顾不上跟水娥计较了。她急急忙忙赶回大司神宫，径直到祈神堂去找父亲。

祈神堂是天师大神迎接天神下界的神秘之所，没有大神允许，连国王驾临也不可以随便闯入。可是今天滢玉顾不得这些了，她风风火火就要硬闯神堂。

但是门口两个司神拉住了她。"让我进去，让我进去！你们快闪开！"滢玉边叫闹边推打他们，在大司神府也许只有滢玉敢这么做，这两个守门司神虽然地位不太高，可那也是国人敬拜的天神奴仆。现在虽然不能和小神女厮打，但两个粗壮司神却像铁塔一样牢牢挡在门前。滢玉正在吵闹不止，身披法衣脸上画着神秘彩色斑纹的大司神杜宇走出了祈神堂。

"不要胡闹了！"杜宇大司神低声呵斥一句，把女儿带到了自己的起居房。

刚进屋，滢玉就直截了当地向父亲求情。她请求父亲收回神谕，不再要土瓦父子照着他的样子雕刻神像。然后，滢玉又说自己根本不想嫁人，她要留在家中一辈子侍奉父亲。

"够了！"杜宇威严地喝了一声，滢玉立时哑了声，但眼泪却像断线的玉珠儿一样落下了来。

一见女儿掉眼泪，杜宇神色和缓了一些。他叫女儿在自己身边坐下，用和蔼的口气说："滢玉啊，你已经长大了，应该懂事了，不能为父亲分忧，也不该给我添乱啊……从前的事父亲不再跟你计较了，但从今天起，你不能再胡闹了！"

谁胡闹了？滢玉又叫喊起来，说父亲不答应自己的请求，自己就离开这个家。刚刚还比较慈爱的父亲，突然又变得异常严厉，他黑着脸威胁道："不要再说了，如果你还敢像从前一样，你就不要再离开家中半步！"说完一甩袖子走了出去。

滢玉忍不住大哭起来。哭了一阵，见没人理她，就起身去找母亲帮忙。可是，还没到母亲房中她又返了出来，因为她知道，一向顺服怯懦的母亲一点忙也帮不上自己，反倒会劝自己什么都听父亲的。

滢玉跑回自己房中，流一阵泪生一阵气，越想越不甘心，就叫来水娥，叫她为自己想主意，因为以前偷着去看铜青，都是水娥帮着出主意打掩护的。但是水娥现在却不敢再帮助小神女了，她怕那样大神会打死她的。滢玉随手拿起身边的一件玉刀吓唬水娥："你敢不帮忙，现在我就打死你！"见水娥还是不肯就范，滢玉又说要跟她算背叛主人的账，这个罪名也是要掉脑袋的。

水娥没办法，只好求小神女饶命，又哭丧着脸问神女想怎么办。滢玉说她还是要去见铜青，水娥摇头："神女，没有大神的旨意，这件事奴婢实在不敢……"

"你必须让我尽快见到铜青，而且决不能让父亲知道，否则我新账老帐跟你一块算！"

水娥被逼无奈，只好勉强答应找机会帮滢玉出去，再和铜青见上一面。

滢玉度日如年地挨过几天，水娥总算帮她买通了守门的神丁。出了大司神宫，小神女滢玉如出笼的鸟儿一般，径直向铜青哥哥家飞去。

铜青和土瓦已经在那块宝玉料上雕出了一个人头轮廓，但这个天神像到底是雕成国王的样子还是雕成大司神的样子，父子俩怎么也拿不定主意。不过不论是雕成谁的像，他们又都必须夜以继日地往出赶，因为这个天神像无论像谁，都必须准时出现在小神女和王太子的婚礼上。

父子俩怎么也没想到滢玉神女还会出现在他们面前。土瓦吃惊得说不出话来。铜青则下意识地跑上前迎接她，可是快到她面前时，他又猛然止住步，仿佛他们面前已隔开了一道万丈鸿沟。

滢玉也愣了一下，然后不顾一切地扑到铜青怀里哭了起来。铜青也情不自禁地紧紧抱住滢玉，把脸俯到她的头上，脸上也早已淌满泪水。

土瓦无声地叹口气，悄悄地躲了出去，并轻轻掩上了门。

不知过了多久，滢玉终于止住了哭泣。她抹一把泪水，大声问："铜青，你愿不愿娶我？"

"我愿意，我当然愿意，我愿意……"铜青仍然泪流满面。

"那你现在就要我吧！"

铜青摇摇头："滢玉，如果能娶你为妻，我愿意我的生命只剩下一天，可是就是我愿意拿我的生命做交换，天神也不会给我这个机会的！"

滢玉仰脸望着铜青，脸上渐渐现出羞红和笑意，眼中也放射出了奇异的光彩："铜青哥，我现在就嫁给你，你现在就娶我，没人能阻拦我们，没有人——就是天神也不能！"

铜青激动地叫了声滢玉，猛力又把心爱的姑娘揽进怀里，发疯般亲吻着她，而滢玉也热切地回应着。

好久，好久，铜青终于推开了滢玉，他望着滢玉，脸上漾满幸福和满足："滢玉，现在你回去吧，我知道这辈子咱们再也不能见面了，但是能有今天，我死也值了！"

滢玉摇摇头，柔声说："不，铜青哥，我们还没有成亲，我怎么能够回去呢！我不是跟你说过，这辈子我是你的女人——是你一个人的女人！"

"滢玉……"

"铜青哥，我们的时间不多，现在咱们赶快拜天神吧！"滢玉说着拉着铜青的手，要去屋里供奉的天神像前跪拜，可是铜青停顿一下，却拉着滢玉，快步来到了那块宝玉前。

"滢玉，不管这块宝玉被雕刻成什么样子，它在我心中都是我的滢玉！它就是我的天神，要拜我们就拜它！"铜青说着已拉着滢玉一起跪在了那块宝玉前。

"至高无尚无所不能的天神啊，当着你的面我们发誓，我们真心相爱，至死不渝，生而同枕，死而同穴，生生死死永不分离！天神保佑你的儿女吧……"

跪拜之后，两人相搀相扶站起来，互相深深地望着对方，你唤声夫君，我叫声娘子，手拉手向屋中走去……

四

还好，小神女滢玉溜回家时，宫中一切平静，这证明父亲并没有发现她的行动——也难怪，杜宇大司神这阵子非常忙碌，一些笤发族上层人物经常深夜出入大司神宫，偶尔还会出现几个辫发族的大人物。滢玉对这些异常漠不关心，她只等父亲再叫自己时，就要把一切向他说清楚。

但是几天过去，杜宇并没有再劝女儿，也没有再提起婚事，他似乎把滢玉给忘了，或者是滢玉的话叫他改变了主意，这样想着，滢玉又恢复了以前的无忧无虑，而且比以前多了一种甜蜜和憧憬。那天和铜青哥在一起的情景时时浮现在她眼前，时时让她面红心跳。而未来夫唱妇随夫妻和美的种种幻想，又叫她时时沉浸在幸福之中。

直到这天，当病弱的母亲来到女儿房中，要看着奴婢们给女儿试穿嫁衣时，滢玉的幸福幻想才一下子破灭了。她推开奴婢，丢下母亲，怒冲冲去找父亲。

祈神堂门外仍然有守门司神，滢玉来到他们面前，没等他们拦阻已经站下来。两个守门司神看着身披鲜艳嫁衣的小神女，虽然有些莫明其妙，不过他们还是警惕地准备阻拦了。滢玉这次并没有吵闹硬闯，而是怪模怪样看着他们。

两个守门司神让滢玉看得有些丈二和尚摸不着头脑，他们看看自己身上，再相互望望对方，正在不知所以之时，滢玉突然出其不意地高喝一嗓子："天神下界，还不跪下！"

冷不防的这一嗓子让两个司神一激灵，他们下意识地跪下就拜。待到发觉上当时，滢玉已经一阵风般从他们身边掠过，一把推开了祈神堂的神门。

待到两个司神追进来时，滢玉已经跑过神廊，硬生生闯进了祈神堂大堂，两个司神也硬生生收住了脚，没有大司神的召唤，他们是不敢随意闯入天神下临之地的。

祈神堂内除了那尊高高在上的玉质天神坐在黄金宝座上之外，还有四个有血有肉的活人，他们谁都没料到会有人胆敢硬闯神堂，所以都是大吃一惊，包括大司神杜宇在内。

片刻的惊愕之后，那三个人忙不迷地用青铜面具遮住了自己的本来面目，于是他们立时变得怪异还有些恐怖起来。滢玉却对他们视而不见，径直来到父亲面前。大司神杜宇看清闯进来的是女儿后，惊愕立时变成了恼怒，可是还没等他发话，滢玉早已气势汹汹地冲他大喊大叫起来。

"父亲，你是一定要叫我嫁人吗?"

"女人嫁人天经地义，这是天神为我们下界凡人定下的规矩，没人可以更改！"大司神说得义正词严。

"好，天神说嫁你也说嫁，那我就嫁！既然早也嫁晚也是嫁，那明天嫁不如今天就嫁——嫁衣我都穿好了，大司神大神，马上送我去嫁人吧！"

杜宇气得小胡子一撅一撅的，他指着女儿咆哮起来："出去，你给我滚出去！"

　　"好，这可是你说的，我现在就滚出去——你不送我，我就自己嫁自己！"滢玉说着转身就走。

　　"你给我站住！"平时威严神圣的大司神杜宇让小女儿搅闹得无可奈何，当着外人也很没面子。但他知道这个小神女让自己宠坏了，现在现管怕也来不及了，于是他只好起身过来拉住女儿，和颜悦色哄了起来，"滢玉啊，我的好女儿，天神就要下界传达天谕了，父亲要赶快迎接天神呢。你也不小了，别耍孩子脾气了，你和王子的婚期还有一段时间呢，你别急，就要出嫁了，父亲很舍不得女儿啊！这些日子你好好在家玩吧，想要什么，父亲都会满足你！"

　　见父亲来了软的，滢玉也柔声央求起来："父亲，滢玉知道你疼爱我，滢玉没有别的请求，只要父亲答应我一件事！"

　　"什么事？你说！"

　　"我不要嫁给什么王子，那样我会一辈子不快乐——我要嫁给玉匠铜青！"

　　这句话石破天惊，不但杜宇满脸都是震惊，连那三副青铜面具都仿佛现出满脸惊愕。

　　"你，你你你说什么？"大司神气恼得甚至有些恐慌。

　　"我说了，我不要嫁给王子，我要嫁给玉匠铜青！"滢玉再次大声宣布，好像要让全世界都听到她的决定。

　　啪！杜宇猛然失手给了女儿一个嘴巴。

　　滢玉痛叫一声，捂着脸惊愕地望着父亲——长这么大，这是她第一次挨父亲的打，而且打得这么重，还是打在脸上，疼在心里。

　　而杜宇一掌打出之后，自己也很是惊愕。他看看女儿的脸再看看自己的手，下意识地要去抚摸滢玉。

　　滢玉却一下子闪开了。她脸上流着泪，却没有哭出来，只是用异样的眼神望着父亲。

女儿的眼神儿叫杜宇身子一颤一痛，不过看看旁边的三个人，他很快就恢复了常态，强迫自己由一个父亲很快又转换成了神圣庄严的大司神。他脸色十分难看地命令女儿赶快下去思过，否则天神就会降罪的。滢玉没有动，只是长时间地看着眼前的父亲，好像她第一次真正认识了眼前这个做她父亲的男人。滢玉的脸上流着泪，但除了那一声痛叫，她第一次该哭而没有哭出来。望着面前的大司神，滢玉再次开口时，口气已平静得近乎冷漠：

"除了铜青，我不会嫁给任何人，我和铜青已经成亲了，我已经做了他的女人，如果你强迫我嫁给王子，那我就在婚礼上当着所有人说出这一点！我现在就去找我的丈夫！"滢玉说完，再次转身，一步步把大司神和他的祈神堂抛在了身后。

五

滢玉没有能够再次离开大司神宫，也没有能够再次见到她的铜青哥哥——她被做大司神的父亲关了起来。

滢玉没有哭闹，只是不吃不喝不说话。三天之后，大司神杜守终于出现在了女儿面前。

一丝怜惜从大司神脸上掠过，但就像风一样很快不见了踪迹——今天大司神并不是专门来安慰女儿的，他是来给他的小神女送礼物的。

大司神身后的奴仆把一个玉匣放在了小神女面前。

"想看看吗，我的女儿？"杜守的声音轻松而冷漠，好像从很远的地方传来，有些虚幻。

见滢玉不回答，杜守示意奴仆打开玉匣。

玉匣的盖子被拿开之后，滢玉不由自主地向匣中看去，她想看看父亲葫芦里卖的什么药。一看之下，滢玉立时吓得面色惨白失声尖叫起来，然后捂着两眼转头伏到墙上不敢再看，但她的身体还在剧烈地颤抖着。

玉匣里装的不是异宝也不是奇珍，而是一颗少女的人头——这个人头不是别人，正是滢玉的贴身女婢水娥！

半晌，滢玉终于缓缓转过身来。她仍然心有余悸，不敢再看玉匣一眼，她只是死死盯着大司神的脸，脸上是毫不掩饰的愤怒："你杀了她！"

杜宇说："是天神的旨意！"

滢玉仍然说着同一句话："你杀了她！"

杜宇看看女儿，又说了一句话："好好待在家里，不要胡闹了，用不了许久，你就是神女和玉后了，那时候你将是万民崇拜敬仰的女人！"说完这句话，他就转身离开了关押滢玉的地牢。

随后，滢玉被一位粗壮的奴仆和一位同样粗壮的婢女带离了牢房。

虽然出了牢房，但滢玉依然没有自由，那一男一女两个粗壮奴婢总是寸步不离地在身边监视着她。滢玉焦躁不安，这时候让她最焦虑的不是自己，而是铜青的安危，大司神已经把女儿都关进了牢房，并把女儿的奴婢杀了，他怎么能够放过玉匠父子呢？但是在这种情况下，滢玉自己都无法主宰自己的命运，对铜青父子她又能帮得上什么忙呢？可是她又绝不能坐视不管，她必须想办法保护铜青。滢玉想向父亲求情，为了铜青父子，她情愿向父亲屈服，但是现在她根本见不到父亲的面。

度日如年地过了三天，滢玉渐渐平静下来，也许无可奈何之下她已经向命运屈服了。她不但不吵不闹好好吃饭了，而且还关心起自己的嫁妆来。这天她要选一种玉珠做头饰，可是司神宫中所有的玉珠任她看了个遍，却没有选出一颗她喜欢的，滢玉决定到外边亲自去挑选。没有大司神的命令，两个奴婢不敢放小神女出去，滢玉不急不慌说，今天挑不到自己喜欢的玉珠，这辈子她一定不会出嫁，她不出嫁责任一定要由身边这两个奴婢来承当。两个奴仆知道小神女说一不二的脾气，万一到时滢玉真的不肯出嫁，他们哪里担当得起！不敢再拦阻，现在大司神又不在宫中，两个奴婢只好跟着小神女一起去选玉珠。守门神丁说大神有令，严禁小神女出宫一步，滢玉又把刚才威胁两个奴婢的话重复一遍，当然口气变本加厉地严厉，后果也是成倍严重，两个神丁一见事关重大，不敢再硬行阻拦，又见两个粗壮奴婢紧随小神女身边，他们也只好让滢玉出了大司神宫。

乘马车离开了大司神宫，滢玉直奔街市。

街市是城里最热闹的地方，国人们大多在这里以物易物进行交易，只有权贵们才会用贝壳或珠玉进行买卖。滢玉在几家玉器店认真选看了好一阵，终于选中了两种珠子。滢玉两种玉珠各选了两小斗，然后让两个奴仆仔细点数，差一颗也要剥他们的皮。见两个奴婢认真点数起玉珠来，滢玉自己又在一边看起别的玉饰来。两个奴婢开始还不时看看小神女，后来见她专心挑选玉饰，根本没有什么不正常的举止，他们两个也就放心地数记起玉珠来。两小斗玉珠很难数，两个奴婢累得眼花背酸，总算把玉珠数完了。可是一抬头，他们这才发现小神女不知什么时候不见了。待到他们追出那间铺面发现不但找不见了小神女，连马车都不见了。两个奴婢这才知道上了当，他们别无选择，一个慌忙跑回宫去报信，另一个则满街乱找起来。

却说滢玉自然是一开始就是要找机会逃走的，一切也都是她事先计划好的，所以转移开两个奴仆的注意力之后，她急忙溜出，自己驾车一刻不停直奔铜青家而去。

令滢玉没有想到的是，铜青家门口已经有几名手持戈戎的神丁把守着。到这时滢玉已顾不得许多了，她一直把马车驾到玉匠家大门口方才停住，然后跳下车，命令神丁闪开。大司神宫的马车神丁们自然都认识，大司神最宠爱的小神女自然他们更认识，小神女说她奉父亲之命来接玉匠父子进宫雕造婚嫁玉器的。几个神丁尽管有所怀疑，却也不敢妄加阻拦，因为大司神大神只命他们监督玉匠父子雕琢神像，防止逃跑，并在神像完成之时杀死玉匠父子二人，却并没有说过连小神女要带他们进宫也不准许。所以他们只能眼睁睁看着玉匠父子上了他们的车。

一切进展得十分顺利，只要出了城，他们也许就可以逃离大蜀国了。听说只要出了巴蜀一直向北，他们就可以到达另一个国家。

但是不巧的是，就在小神女滢玉就要带着玉匠父子逃走之时，意外却发生了——一队国王卫兵刚刚开到，卫队首领拦住了小神女的马车。原来鱼凫王听说大司神杜宇要玉匠按着他的形象雕琢天神像，而且还派了神丁监督，不禁大怒，立时也派来一队卫兵，一定要监督玉匠把宝玉按着他鱼凫王的形象雕琢。结果卫队来到时，滢玉正要带着玉匠父子逃离，如果卫队再稍稍晚到一小会儿，那结局可能就是另一种情况了。

国王卫队自然不会允许小神女把玉匠父子带回大司神宫的，而且他们也不是笄发族神丁，不管小神女有多么刁蛮，他们也不肯稍做通融。滢玉急中生智，故技重演，她粗着嗓子猛然厉喝一声："天神驾临，众生跪拜！"

还真是立竿见影，这一嗓子叫在场的所有人全都敬畏地跪下叩头，国王卫队也不例外，在敬畏天神这一点上，他们一点不比神丁们逊色。而小神女则抓住机会驾车狂奔而去。卫兵们要追，神丁们自然要阻拦，因为小神女也是他们的主人。神丁虽然人少，但因为国王卫兵顾忌他们神丁的身份，不敢跟他们太过动手，所以双方打了个势均力敌。这就给了滢玉一个逃出王城的机会。

不过他们逃出王城不远，司神神丁和国王卫队组成的联合马队就追了上来。滢玉和铜青拼命打马，但因为他们都不是车夫，好几次都险些把车驾翻。

跑了一阵，他们的马车越来越慢，而后边的马队却是越追越近了。

六

前边是大片茂密的森林，马车一头钻了进去。

马车跑进森林不远，土瓦急叫起来"快，铜青你带神女下去，往林子里跑，我来驾车把他们引开！"

铜青哪里肯："不行！父亲你带滢玉走，我把他们引开！"

"胡说，快点，再晚就没机会了！"

滢玉说："我们一起跑，他们追上也不敢把我怎么样，有我在他们也不敢把你们怎么样的！"

土瓦急了，冲滢玉大吼大叫起来"神女，现在不是逞强的时候。我老了，给抓住了，死活都没什么。你们一定要逃走，你们一朵花刚开，一定要好好活呀！"说着他已狠狠给了铜青一掌，"傻小子，快带神女跑啊，跑了就不要再回来，跑得越远越好，一辈子好好待人家！"

听听身后，马蹄声迫近，铜青不敢再犹豫，他一横心一咬牙，叫声"父亲小心"，随着这话出口，他已抱着滢玉跳下了马车。两个人一起摔倒在路边，挣扎起身后，望一眼远去的马车，铜青扶着滢玉迅速跑进了密林深处。

转瞬之间，武装马队已经追了过来，瞬间又旋风般狂追过去，只留下一片烟尘在森林里腾起，久久不散。

铜青扶着滢玉，不辨东西地跑啊跑，也不知跑了多久，滢玉终于叫声我不行了，身子一软栽倒下去。铜青也被滢玉带倒了，但他很快坐起，等滢玉喘息一阵，又扶她站了起来。滢玉刚站起来就禁不住哎哟痛叫一声，两人低头这才发现，滢玉的鞋子不知什么时候跑丢了一只，她的一只脚上已经布满血迹。

不看犹可，一看自己的脚成了这样，滢玉一下子又瘫坐下去大哭大叫起来。大司神娇宠的小神女哪里受过这样的磨难？铜青心疼极了，可他现在又不能停下让她休息，于是他跪下来柔声安慰催促说："滢玉，这里不能停留，咱们还得跑，跑远点才安全——来，我背你，快上来！"

铜青背着滢玉，在密林和荆棘中奔跑着。虽然铜青身体强壮，可路远无轻载，背着滢玉跑过一大阵之后，他也已气喘吁吁汗流浃背了。滢玉心疼起他来，要求放下来让她自己走，铜青知道她走不了，还是咬牙坚持着。

又跑了一阵，铜青终于坚持不住了，他踉跄几步跪倒下去，喘息如牛。滢玉也跪下去抱住铜青，用衣袖为他擦着汗，心疼得不住流泪。

喘息过后，铜青终于能说上话了，他为滢玉抹着泪，笑着说："滢玉，没、没事，再跑这么远，也累不倒我——背着你，我有使不完的劲儿！"说着又要滢玉趴到背上来。可是滢玉说什么也不肯了，她说我能走了，说着就试着迈出了那只脚，可是那只伤脚才一落地，她又已忍不住痛叫出声来。

"别犟了，现在听我的！"铜青说着又强行把滢玉背了起来。

就这样他们跑一阵歇一阵，跑不动就走。到了夕阳西沉之时，他们终于走到了森林边缘。

已经精疲力竭的两个人总算看到了希望，铜青背着滢玉紧走几步，终于走出了森林。远处，在夕阳的余晖中，一座城池披着金辉出现在远方，梦一样的虚幻和诱人，似乎那是天上的国度、天神居住的地方。

定睛细看，不是梦也不是幻，那里确确实实存在着一座城，而且那座城池确确实实就在他们眼前。

可是又向前走了几步，当夕阳的余晖悄然褪去之时，他们蓦然发现，展现在他们眼前的那座看起来很诱人的城池并非他处，正是他们刚刚逃出来的大蜀国王城。

没错，那座庄严显赫的城池是大蜀王城。

残酷的真实让铜青和滢玉两个人一下子瘫倒在地，那一刻他们连爬起来的力气和勇气都没有了。

但是第二天太阳出生时，铜青和滢玉又在森林中穿梭了。失望和沮丧已经丢给了黑夜，今天他们将随着一轮崭新的太阳开始新的希望之旅。

森林里根本没有路，但爱的力量也许会让这对情侣在无路的地方蹚出一条路。

森林里很容易迷失方向，但恰恰是这茂密的丛林成了他们最好的掩护，此时此地一旦脱离了森林，他们随时都有被抓回去的危险。尽管王室和神族在许多事情上貌合神离甚至分歧甚大，但在抓捕滢玉和铜青这件事上，他们肯定会非常一致。

在密林深处，一处瀑布从不是很高的山崖挂下来，水珠落银洒玉一般纷飞四溅，两个人决定在这里休息一下。铜青扶滢玉坐下，用大树叶盛来山泉水，先让滢玉喝够了，然后自己也趴到瀑布下的潭水里喝了起来。喝足了水，铜青又采来野果子充饥。吃饱喝足，铜青开始给滢玉洗净脚，然后用荆棘为她清理脚上扎的刺。滢玉尽管疼得流泪，可她紧咬住唇没有叫，脸上还带着幸福的笑靥，就像一朵挂着晶莹露珠的花朵。

"来，你歇会儿，我给你编双草鞋！"拔完了刺，铜青扶滢玉躺在瀑布边的一棵大树下，轻柔地对她说。

滢玉点点头，让铜青亲了自己一下才肯放他走。滢玉真的太累了，夜里两个人待在森林边缘，听着那些瘆人的野兽嚎叫，尽管有铜青在身边，滢玉还是吓得心头乱跳，她把头紧紧埋在铜青怀里，这一夜她都是在惊恐不安中熬过来的，根本不能入睡。现在吃了喝了，一躺下来，她马上觉得身下那厚实实软绵绵的树叶比躺在家里的绒锦被上还要舒服，不一会儿她就迷迷糊糊睡着了。这时铜青已采来一种柔软的细草，看着滢玉已经睡着，他便在她不远处坐下，专心打起了草鞋。

这种草鞋是下等人和奴仆们常穿的，所以铜青打起来很熟练，时间不很长，一双草鞋就打好了。为了让滢玉穿着更舒适些，铜青又把自己的麻布衣服撕下一块垫在鞋里。铜青刚把两只草鞋弄好，忽听那边的滢玉惊声尖叫起来。扭头一看，铜青立时大吃一惊——只见那边一条红斑黄花的巨蟒正张开大嘴向滢玉扑了过去，被它惊醒的滢玉已吓得动弹不得。铜青一见顾不得多想，随手就将一只草鞋狠狠地打了过去。

草鞋准确地打入了巨蟒的巨口中，它立时闭上了嘴。这时铜青也捡起一段干木棒向它扑了过来。

一见有人胆敢主动进攻，巨蟒立时丢下滢玉，转而向铜青攻击而来。

"快跑……"滢玉大叫着，情急之下，自己却无论如何站不起身迈不开腿。

铜青把巨蟒引开一段，便左拐右拐想甩掉这家伙。谁知那条蟒蛇精怪得很，无论铜青跑得多么曲折，都没能将它甩掉。眼看自己越跑离滢玉越远，铜青急了眼，他紧跑几步，爬到了一棵树上，谁知道那只巨蟒跟随着也向树上爬来。

铜青努力稳定下来，终于想出了一个摆脱巨蟒的办法，他向一个树杈挪去，并很快离开树干，骑在了树杈上。这时那条巨蟒的头也已探了过来，它嘴里两条小蛇一样的信子几乎探到了铜青的脸，它嘴里那种浓烈的血腥之气叫铜青差点呕吐出来。

不能再等了！就在巨蟒张口要把铜青吞到嘴里的瞬间，铜青猛然撒手向下跳去。因为是跳下而不是掉落的，虽然树杈很高，铜青却并没有摔伤，他迅速爬起，在树林间疯跑起来。

跑了一阵，总算看不到巨蟒的身影了。铜青赶忙去找滢玉。找了一阵他才发现自己迷路了。发现了这一点，铜青比刚才差点被巨蟒吞吐掉时还紧张还可怕，因为这森林里隐藏着各种危机，没有自己在身边，滢玉随时可能遭遇到危险。这么想着铜青无法自制，他在森林里狂跑起来，他要尽快找到他的滢玉！

找啊找，铜青碰到了鹿群、狼群，还听到了虎啸，就是找不到滢玉。越是找不到，就越是急得要发疯，他觉得都怪自己不该跑出那么远。

"滢玉！滢玉——滢玉……"铜青现在顾不得自责，他边跑边喊着，喊着跑着，直到喊哑了嗓子，直到精疲力竭地扑倒在地。

天好像有些暗下来了，铜青更急切了。可是他明白，在森林里像刚才那样无头苍蝇般乱跑乱撞根本不是办法。

铜青又累又渴，他急需补充水，可是附近没有水。想到水，铜青突然有了主意！

铜青随手揪一把树叶摘几枚野果，边吃边重新寻找起来。这次他没有跑也没有喊，而是边仔细辨别，边认真倾听。渐渐地，铜青发现了一些线索，他掩住激动兴奋，继续稳住心神耐心寻找起来。

终于，铜青到了水声。他激动起来，寻着声音寻去，水声越来越近，越来越响，铜青的心也跳的越来越厉害，他希望他找到的就是刚才自己离开的那个瀑布。

终于，铜青来到了那个瀑布前。瀑布确实就是那个瀑布，铜青找到了滢玉在下面睡觉的那棵树，甚至还找到了一只新编的草鞋。铜青确确实实找对了地方，但是铜青不但高兴不起来，心反倒像块入海的大石头，一下子沉得老深老深——该找到的都找到了，只是没有滢玉的影子。而这时，森林又已被无边的夜淹没了。

七

铜青顾不得嗓子已经嘶哑，仍然在一遍遍焦急地呼唤着。但是他的呼唤却像泥牛入海，根本没有回应。如果说有，那回应他们的只有狼啸鸟啼，还有越来越骇人的黑夜。

铜青不敢离开这里，他心存侥幸地希望滢玉是去寻找自己了，他现在只有先在这里等待，他怕滢玉找回来时自己和她错过。他不敢想象这种可能有多大，他更不敢去想滢玉一个女孩子在这诡异阴森的夜色森林中会遭到什么样的危险。他只能一刻不停地在瀑布附近寻找呼唤，哪怕是徒劳的，但起码可以不让自己有时间去想那些不可想象、不能想象的事情。

突然，铜青的脚步停住了，呼喊也停止了，因为他感到身后的异样！

铜青心头狂跳着慢慢回头，回头，铜青立刻又惊又喜——漆黑的夜色中一个更黑的影子距离很近地站在他的身后。

那是一个人样的影子。

滢玉？铜青狂喜地要叫起来。但他却把已呼之欲出的那声呼唤硬生生咽了回去，同时又硬生生收住了要扑过去的身体，因为那一瞬间，凭直觉铜青知道那个影子肯定不是滢玉！

本能的反应叫铜青禁不住后退两步，同时惊骇地问了声："你——是谁"

那个人影没有说话。

铜青感到了从未有过的恐惧，他的头发都要竖起来了，他又问了一句，声音都有些颤抖了。

"不要管我是谁，你要找的人我知道在哪里。"那个人终于开了口，竟然是个很慈祥的女人的声音。

"你知道滢玉在哪里？你快说！"铜青说着又情不自禁地上前几步，几乎和那个人到了面对面的距离。他发现那个人的脸也和她的影子一样黑，根本看不出一点面目。

"别多问，跟我来"那人说着转身走去。

铜青紧紧跟在她的身后，生怕一眨眼她又会像影子一样突然消失掉。虽然此时他还不能肯定跟着这个影子一样的人能否真的找到滢玉，但现在除了跟着这个人，铜青又别无选择。

这个人影并没有走向别处，而是径直走向了瀑布，到了瀑布跟前竟然一步不停地走下了那潭清水。铜青也毫不犹豫地跟了下去。

铜青跟着那个人影一步步走到了瀑布下。飞流直下的瀑布从头上猛浇下来，泼的铜青透不过气来，身体歪歪斜斜几乎要被打倒，这时前边的那人及时伸手拉了他一把，然后又推了他一下，铜青一个踉跄，扑一下子跌倒过去。

当铜青抹去脸上的水站起来后才发现，他已置身于一个山洞中，洞中亮着一盏灯，而瀑布的轰鸣仍然响在耳边，回头，洞口正有一帘飞瀑悬挂下来，把洞口遮挡得严严实实。他这才明白，原来这瀑布之后隐藏着一个山洞，转头看去，一个人正倚着洞壁睡在那里，这个人不是别人，正是他苦寻苦找的小神女滢玉。

"滢玉，滢玉……"铜青喜出望外地扑上去，把滢玉抱在怀里激动地呼唤起来。

但是滢玉却没有反应。

铜青大骇，他的声音都带了哭腔："滢玉，滢玉，快醒醒啊，不要吓我，我是铜青哥哥啊，你快醒醒……"

"铜青哥哥……"滢玉终于被铜青唤醒过来。

铜青高兴得满脸是泪。

"我在哪？是在做梦还是我已经死了？"见自己躺在铜青怀里，滢玉很是怀疑此情此景的真实性。

"滢玉，你不是在梦中，你更没有死，我就在你身边，你快看看！"

终于肯定这一切不是假的，滢玉伏在铜青怀里委屈地哭了起来。她说以为见不到他了呢。铜青也和滢玉一起流着泪，两个人紧紧地紧紧地抱在一起，仿佛一松手，心爱的人又会消失在森林中，难寻难觅，仿佛一松手，眼前这一切真的会变成一个虚幻的梦。

好久，好久，两个人才稍稍平静下来。铜青忙问滢玉怎么会到了这里，滢玉告诉铜青，当他把巨蟒引开后，自己担心他的安危，也追了过去，可是因为脚痛，她很快就跌倒了，跌倒了爬起来，爬起又跌倒，就这样追了一阵，滢玉很快失去了铜青和巨蟒的踪迹，而自己也很快迷了路，回不到刚才的地方了。滢玉急坏了，她焦急地呼唤着，寻找着，没想到没有找到铜青哥，却突然和一头黑熊遭遇了……

"那后来怎么样了？"铜青听得心惊胆战，仿佛此时滢玉还正和黑熊对峙着。

"后来黑熊向我扑来，我被吓昏了，什么也不知道了，刚才听到你的呼唤我才醒过来。醒过来就在你怀里了，我真以为是在梦里……铜青哥，我们这是在哪里？"

铜青说这是在瀑布后的山洞里。滢玉不信，可看看听听，一切又却这么真实，当铜青告诉滢玉是一个神秘的黑影把自己带到这里找到她的，滢玉突然想起——自己在被黑熊扑上来吓昏前的一刹那，似乎也看到眼前闪过一条黑色的影子。

不管滢玉是否真的看到那个影子，铜青是在那个黑影指引下找到滢玉的，这一点是确定无疑的。到这时铜青才想起寻找带路的那个黑影，但找遍了山洞根本没有那人的踪迹，只有那盏灯证明这里可能是那个黑影的落脚点。

不管怎么样，一对情侣能够在茫茫林海重逢，这都算一个奇迹了。而这样一个隐蔽的山洞正好给他们提供一个暂时栖身之所。铜青让滢玉在洞里休养，自己去外面捕鱼猎兔，给滢玉补补身体。几天后，滢玉的脚伤已经痊愈了，铜青还给她和自己编了好几双草鞋。他们准备明天出发前往北方，尽快离开大蜀国的势力范围。

第二天，两人依依告别了那个山洞，又开始在森林中跋涉起来。走了半天之后，他们隐约然听到了有人在喊叫着什么。两人悄悄向那声音小心靠近，终于听清了那些话：

"小神女、铜青，你们快出来吧，土瓦快要死了，他想最后见儿子一面啊"！

"快出来吧，铜青，如果你还没有变成禽兽，就赶快出来见你父亲最后一面吧。他想你啊，见不到儿子他闭不上眼啊！"

虽然不知真假，可铜青一听早已乱了方寸。他拉着滢玉又靠近一些，透过树林空隙，看见老父土瓦确实被绑在一辆马车上，低垂着头一动不动，看样子真的已经奄奄一息了。铜青恨不得立刻冲过去看看老父，可看着身边的滢玉他又收住了脚步——自己被抓住生死是小，丢下滢玉一个人在这树林中该怎么办？

见铜青心急如焚，犹豫难决，滢玉心里也是矛盾重重——如果自己阻拦，铜青会万分悲痛良心不安，自己也会于心不忍；如果让铜青过去，他们很可能再不会放他回来。

"铜青，如果再不出来，你会一辈子愧对天地良心的。还有一点人性的话，你就赶紧出来。再过一会儿你的老父亲就看不到你了啊！"那边的喊声在继续，声声都像针芒一样直刺铜青心窝。

"铜青哥哥，你去看看土瓦老伯吧，我等你！"滢玉别无选择。

铜青点点头，紧紧拥抱一下滢玉，在她耳边说了句"要是我回不来，你一定要好好活下去"，说完便转身跑向了丛林间的那条路。

那些喊话的国王卫队和神丁们一见真的把铜青引出来了，真是大喜过望，同时都佩服大司神杜宇的神机妙算。他们一拥而上七手八脚捉住了铜青。

"放开我，我要看父亲，让我看父亲！"铜青拼命叫喊着、挣扎着。

"哈哈哈，傻小子你上当了！"卫兵头目得意狂笑着叫卫兵把铜青推到了马车前，"你好好看看吧，老头子早没命了，哈哈哈哈哈……"

"父亲，父亲，父亲……"铜青拼命呼唤着，可是马车上的土瓦却丝毫没有反应。

"父亲……"铜青嘶叫一声，想跪下去。可是几个卫兵却把他推到车上绑了起来。然后卫兵头目又对铜青刚才跑出的方向喊了起来：

"小神女，快出来吧，你不出来我们就会杀死铜青，你一个人在森林里也活不下去！"

"滢玉别上当，快跑快跑……"

头目叫手下用绳子勒住了铜青的嘴，然后把长戈抵住了他的脖颈，同时又对林中喊道："小神女，快出来吧——出来，你们两个都可免罪，否则铜青就要死在你眼前了！"

铜青叫不出，却还在拼命摇头，他的嘴角已经淌出了鲜血。

卫队回头挥一挥长戈，厉声威胁道："小神女，我数十个数，数完你不出来，我马上杀掉这个下贱的小子——一、二、三、四……"

"我来了，你们不许伤害他！"滢玉说着，很快走出了密林。

铜青淌着泪，嘴里发出呜呜的声音，满脸都是责怪痛心。滢玉笑笑："铜青哥，只要能和你在一起，死活我都愿意！"

八

滢玉被带走关押起来，小神女和下贱的玉匠之子私奔之事已经是满城风雨，这叫大司神杜宇很丢面子。不过鱼凫王并没有因此退掉这门婚事，反倒和大司神配合编出了一个神话为这件事遮丑。

铜青所犯已是凌迟灭门之罪，但他并没有被杀掉，因为他的天神像还没有完成。国王和大司神同时命令他必须在王子和小神女婚礼之际献上天神玉像，不同的是国王要求玉像要像他，而大司神要求玉像要像他。

如果铜青所雕天神玉像不能按时在王子神女婚礼上出现，或者玉像不像自己，不但要杀掉铜青，还要连座十户，同时也要杀掉小神女——在这一点上国王大司神的威胁又惊人的一致。

铜青不能不动手。但就是动手他也无法完成这样一座雕像——时间根本来不及，因为王子和小神女的婚期就定在十五天之后，就是土瓦活着，父子俩也难以在这么短的时间内完成这样一尊玉像。何况就是完成了，也不可能让国王和大司神同时满意——不能让两方都满意，铜青还是死路一条。现在铜青并不惧死，但他不想连累别人，他更不想因为自己而危及心爱的人。

对着那块已经雕出了一个头脑轮廓的宝玉，铜青已经坐了一整天。铜青非常后悔——当初真不该把这块玉带回来！这么想着，他突然冲动地拿起榔头，要砸烂那块宝玉。

可是就在这时，有人轻轻拍了拍他的后背。铜青吓了一跳，回头却见身后站着一个人影。这时天才刚刚黑下来，借着还没有完全退去的余光，铜青看到站在自己身后的是一个穿一身奇特的黑色衣服的人，连她的头脸都罩在黑色的头罩中。铜青一下子就认出，这个黑衣人就是在森林中引导自己找到滢玉的那个黑影人。

"是你……"房前房后都有国王卫队神丁把守，铜青不知她是怎么进来的。

黑斗篷示意铜青不要乱叫，然后轻声说："这么好的玉，砸碎了怕再难找第二块了！"

铜青说："可是留着它也是祸害！"

黑斗篷说："无论如何这块宝玉不能毁掉。这样吧，送你个东西，可以助你按期完成。我给你出个主意……"说着她俯耳对铜青低语起来……"

十五天很快过去了，大蜀国终于迎来了王子和小神女的大婚之日。这一天，王城内张灯结彩，热闹非常，而王宫内更是金碧辉煌、喜气冲天。

滢玉被大司神为首的大批笄发族护送直奔王宫，而那尊玉像此时也被包裹在锦帛之中，由国王卫队和司神神丁共同护卫入宫。铜青也走在队伍中，紧紧地随在玉像边——他说天神玉像还剩下最后一道程序，但只有见到小神女的那一刻他才能最后完成它——这是铜青提出完成雕像的唯一要求。这个要求实在不高也不难，国王和大司神便很痛快地应允了。

护卫玉像的队伍和护送新人的队伍汇合了。铜青看到了彩车中的滢玉，彩车中的滢玉也看到了铜青。四目相对百感交集，虽然不能说上一句话，但那眼神早已胜过千言万语。

来到王宫大殿之外，队伍有秩序地停住。

大殿门口，手持人头权杖的鱼凫王上前迎接手持神头法器的大司神杜宇，以及辫发族和笄发族的首领。人间的至尊和天神的使者当着众人的面双双施礼互敬。从今天起，这对当年的对头也许就变成了友好的合作者，因为他们的儿女就要成为一家人了。

大司神先登上大殿前的神坛，祭拜天神之后，国王宣布这场全国瞩目的婚礼正式开始。但是婚礼的第一道秩序不是新人跪拜天神，而是先要请出天神玉像供奉——消息早已传扬出去，玉像像谁，谁就是天神的化身！

虽然鱼凫王和大司神都希望天神玉像像自己，他们也都下了严令要玉匠按着自己的样子进行雕琢，可正是因为双方争执激烈、互相掣肘，加之铜青坚持没完工的谁都不可以先看的规矩，所以到现在谁都还没有见到天神玉像到底是什么样子。虽然没看到，但他们都很自负地相信天神玉像一定是自己的样子。

天神玉像身上的锦帛慢慢揭开，此时人们的注意力全都被吸引到了这尊神秘而高贵的玉像身上。只见它赤足立于双层方座之上，双手夸张地抱在胸前，两手握成空空的拳状，看来天神手中本该握着一件东西的，但现在却是两手空空。

然后铜青又缓缓去掉了玉像头上的锦帛，玉像的庐山真面目终于呈现在众人面前。这一刻大家先是屏息静气，然后便惊叹一声——天神玉像雕做得实在太完美了，大家不知道这个年轻的玉匠怎么会在这么短的时间内，把玉像雕琢得这样完美精致。

而鱼凫王和大司神最关心的是玉像到底像不像自己。当玉像头上的锦帛被除去的那一刻，两个人不知是欣慰还是失望——那尊玉像既像国王，又像大司神，可严格说又不是国王，也不是大司神——它是又像国王又像大司神的第三个人！它头上既不是王冠也不是法帽，而是神兽和太阳轮。

"你、你……"国王和大司神同时指着铜青叫了一声。

铜青说："鱼凫大王、大司神大神，我是按着你们的命令雕刻的这尊天神像，因为你们都要求天神像要像自己，所以这尊天神像像大王也像大神。如果大王和大神看不好，可以请大家看看像不像！"

"像，我看像！"滢玉第一个叫起来，在场的很多人也都纷纷说像。鱼凫王狂笑一声，对大司神说："大司神，那么现在就参拜神像吧！"杜宇说："慢，神像的手中应该拿着法器！"

"不，应该拿着权杖！"

两人争执一阵，然后一齐把矛头对准了铜青。

铜青说："我说过，要当着小神女的面完成它！"

国王和大司神互相看看，觉得不会有什么意外，就答应了他的要求。

大家注视着，身披鲜艳嫁衣的滢玉走上神坛，接过铜青手中用锦帛包裹的长形东西。

滢玉问那是什么东西，铜青却悄声说句："准备跟我走！"

"怎么走？"

下边包括国王大司神在内的所有人全都望着他们，却不知他们在说些什么。

"打开这个，放在玉像的两手中！"

九

滢玉打开锦帛包裹，现出了里面一个类似权杖和法器相结合的金属棒，只是这个金属棒非金非玉，更不是铜铸，而是一种从没有见过的坚硬锃亮金属。在太阳的照耀下，这个金属棒闪闪发光，散发出一种神秘的光芒。

"这是什么？"滢玉忍不住又问。虽然这是在王宫里，虽然这是在神坛上，虽然这是她的婚礼进行中，虽然下面有那么多人在关注着他们，可是在心上人身边，滢玉把其他的一切都已经忽略不计了。

铜青告诉滢玉，这个发光的金属棒是那个在森林里指引他找到滢玉的黑影给他的，其实那个人并不是影子，也不是鬼魂，更不是妖怪，而是从天上来的，那个人说她来自另一个星球。那天晚上，就在铜青想要砸毁宝玉的时候，她又突然出现在铜青身边，并给了铜青一把能够削石如泥的工具，只要按动把炳，那个东西就会自己动起来，随着主人心意雕琢玉石，根本不用主人费很大的力气，所以铜青才能够在这么短的时间内，雕制出这么完美的玉人。然后那个人又把这根金属棒交给铜青，她说这个长形金属是信号发射器，而那块稀世宝玉本身含有巨大的能量，两相结合，就能向很远的星球发射出较强的信号。她叫铜青一定要想办法见到滢玉——见到滢玉的时候，把这个信号发射器放在玉人两手中，她就会马上接到他们的信号，很快她就会驾驶飞船来接应他们。铜青从她话里听出她的飞船好像就在附近，而且铜青猜测那个人不是天神也一定是天神派来的使者，飞船应该就是天神们在天上乘坐的神船吧……

滢玉见铜青说得如此神奇逼真，反倒有些不敢相信了，不过看看自己面前镇定而又自信的铜青哥，她还是用力点点头，然后就要把那个金属插到玉人空握的两手中。不料正在这时，下面突然响起了震天的喊杀声。两个人一看，却见下面已经打了起来。仔细再看，打斗的两方正是国王卫队和大司神的神丁，而且双方打斗得异常惨烈。

原来鱼凫王之所以一定要太子迎娶滢玉，甚至连滢玉跟贱民私奔他都没有退婚，就是要趁这个机会消灭大司神和笨发族骨干力量，而大司神杜宇也和鱼凫王想到一起去了，他嫁女是假，要趁着大批骨干能够进入王宫之时擒杀国王，以使大蜀国神权王权集于自己一身才是他的真正目的。双方各怀鬼胎不谋而合，难怪这么多年两个人一直争斗却又一直难分伯仲。他们本来都计划在王子和小神女拜天神像时动手，可是刚才他们都从对方眼中读到了浓烈的杀机，而神坛上的滢玉和铜青又没完没了，所以他们迫不及待地都选择了提前动手。

一方早有埋伏，一方有备而来，双方都是志在必得，这当然是一场你死我活的搏斗厮杀。神坛之下血肉横飞，神坛之上的两个人无论如何料不到这场婚礼里面隐藏着如此险恶的阴谋，他们觉得这人世间真是太可怕了，连亲生父亲也会为了权欲而不惜牺牲自己的女儿做诱饵。

"我们快走，带我走，快带我走吧！"滢玉伏在铜青怀里，一眼也不想再看坛下那血腥、丑恶的一切。

"好，咱们走！"铜青说着，从滢玉手中拿过那个金属棒，并迅速把它插进了玉人虚空以待的双手中。

就在金属杖刚刚和大玉人合二为一的那一刻，玉人的身体突然闪烁出神圣的光芒。铜青和滢玉一时间都看呆了，但神坛之下，谁都顾不上向玉人看上一眼，鱼凫王在挥舞人头权杖吼叫着杀杀杀，大司神在举着神头法器以天神口吻历数国王的滔天大罪，眼下尽快杀死对方夺取大蜀国最终的控制权对他们来说比什么都重要。

但是，终于有人喊了起来："啊，看哪，天神、天神……"

随着喊声，一个巨大的圆形物体飞速旋转着毫无声息地出现在神坛之上，然后停住，这就是黑影人说的飞船吧？飞船停在神坛上空，并从肚子下打开了一个小圆门，圆门里弹出一个仿佛是用月光做成的阶梯。阶梯一直通到神坛之上，同时一个女人柔美的声音从飞船中传了出来：

"快上来吧，我的朋友——如果你们没有改变主意！"

"快走！"铜青说着拉着滢玉一起走上了那个光彩熠熠的阶梯，很快就进入了那个圆形物体之中。阶梯像光一样迅速消失，圆门也瞬间关闭，圆形物体稍做停留，然后腾空直上，随即便以惊人的速度飞向了远方。

下边所有的人都惊呆了，所有的人都跪拜下去，鱼凫王和大司神更是吓得体如筛糠，不敢抬头看一眼。为非作恶的这两个人都以为是天神降罪于他们了，他们一边不住叩头一边不住乞求天神饶命……直到身边有人报告说那个东西消失了，他们才敢看一看。看一看，一切如旧，仿佛什么都没有发生过，只是神坛之上少了那对痴情男女。但是现在鱼凫王和大司神谁也没时间追究这些，他们很快又恢复成了至高无上的国王和大司神，随着他们的吼叫，刚刚暂停的殊死搏斗很快又上演了……

"他们会追来吗??"飞船内，滢玉悄声对着铜青问。

没等铜青回答，那个看不见的黑影人的声音已在铜青和滢玉耳边响起："现在不会，不过那个手握金属棒的大玉人就是我给地球人留下的线索，寻着它的指引，在将来的某一天，越来越聪明的地球人一定会找到我们的！"

滢玉伏在铜青耳边悄声说："她说错了，将来也不会有人找到我们的……"

"哦，为什么？"

滢玉调皮一笑，一只手从背后拿了过来——她的手中赫然就是大玉人手中那根金属棒。

"你——你怎么把它拿走了？"铜青很是吃惊意外。

滢玉小声笑起来，之后认真地说："我不想有人来打搅我们，现在不想，将来也不想！"说着她丢下那个金属杖，扑进铜青怀里，一对相爱的人紧紧抱在一起，再也不想分开。